安徽省高校协同创新项目
"徽州学人诗学文献整理"（KYPTXM202004）成果

目文埴 著

芦洁媛 选编

时代出版传媒股份有限公司
安徽文艺出版社

图书在版编目（CIP）数据

直庐集 /（清）曹文埴著；芦洁媛选编. -- 合肥：安徽文艺出版社，2025.3
ISBN 978-7-5396-7961-7

Ⅰ. ①直… Ⅱ. ①曹… ②芦… Ⅲ. ①古典诗歌—诗集—中国—清代 Ⅳ. ①I222.749

中国国家版本馆 CIP 数据核字（2024）第 026598 号

出 版 人：姚　巍
责任编辑：胡　莉　　　　　　　　装帧设计：熙宇文化

出版发行：安徽文艺出版社　　www.awpub.com
地　　址：合肥市翡翠路 1118 号　邮政编码：230071
营 销 部：(0551)63533889
印　　制：安徽新华印刷股份有限公司　(0551)65859551

开本：880×1230　1/32　印张：5.25　字数：100 千字
版次：2025 年 3 月第 1 版
印次：2025 年 3 月第 1 次印刷
定价：65.00 元

（如发现印装质量问题，影响阅读，请与出版社联系调换）

版权所有，侵权必究

竹山书院内曹文埴简介

户部尚书 曹文埴（1735—1798）

曹文埴，字近薇，号竹虚，歙县雄村人。乾隆二十五年（1760）传胪，任翰林院侍读学士，教习皇子，为《四库全书》总裁官之一。曾典试广东，视学江西、浙江，得乾隆奖誉，升任户部尚书。曹家乃扬州大盐商，乾隆六次南巡，多落脚扬州，文埴承办差务，深得乾隆信任。乾隆五十二年，不愿与和珅为伍，以母老为由请求归养，帝从其请，加太子太保。后文埴二次进京，为乾隆帝祝福、贺寿，乾隆帝对文埴及其母多有赏赐。卒谥文敏，著文多卷。

宰相故里牌坊

竹山书院外景

竹山书院内景

前　　言

曹文埴（1735—1798），字近薇，又字竹虚，安徽歙县雄村人。清代重臣，官至户部尚书、太子太保，《四库全书》总裁官之一。

《清史稿》记载，曹文埴是乾隆二十五年（1760）二甲一名进士，改庶吉士，授编修，在懋勤殿任事。后任翰林院侍读学士，命在南书房行走，教习皇子。乾隆四十二年（1777）回家服父丧。丧满回京，历任左副都御史，刑部、兵部、工部、户部侍郎，兼顺天府府尹。奉命查办潍县和京城等地疑案。案定，乾隆奖誉"文埴等不徇隐，公正得大臣体"，升任户部尚书。乾隆五十二年（1787），文埴不愿与和珅为伍，以母老为由，请求回乡归养，乾隆帝从其请，加太子太保，御书赐其母。乾隆五十五年（1790）和六十年（1795），曹文埴两次进京，为乾隆帝贺寿、庆祝，乾隆帝对他及其母多有赏赐。嘉庆三年（1798）卒，谥文敏。

曹文埴曾典试广东，视学江西、浙江。视学江西南昌时，拓建省会院，增设4000余席，就试者称便。在家乡歙县重建古紫阳书院。曹家是扬州大盐商，乾隆帝六次南巡，数次落脚扬州，文埴承办差务，深得乾隆帝信任。乾隆五十五年（1790），曹文埴带徽剧班华廉班进京祝寿，使得徽剧名振京都，之后才有四大徽班进京。

  曹文埴诗格雅正而不颓放，音调舒和含蓄而不偏于专一，雍容和雅，为承平台阁之音。他反对模拟及以禅论诗风气，认为作诗仿效字句声调，愈工巧而愈失其真；提倡《诗》之六义，主张诗发于天籁，陶写性情，合于六义之旨；推崇白居易，以其合于圣人之言，尤为学者所易悟，故精选白居易讽喻、闲适二体诗，成《香山诗选》六卷。曹文埴著有《石鼓砚斋文钞》二十卷、《诗钞》三十二卷、《直庐集》八卷、《石鼓砚斋试帖》二卷等，又以书法名世。

  本书以上海古籍出版社《清代诗文集汇编》中影印的《直庐集》八卷为底本进行整理。书中异体字、符号标注等皆参照古籍校点注释通则。本书为安徽省教育厅人文社科重点研究基地及分中心项目"徽州学人诗学文献整理"（GXXT-2020-045）、"新安大好山水——徽州山水诗大系"（GXXT-2020-046），安徽高校人文社会科学研究项目"北宋徽州诗词研究"（SK2021A0649）、"基于文化传承视域下的徽州谚语价值意蕴研究"（SK2021A0648），中国诗学研究中心黄山学院分中心重点研究项目"区域文化视域下的徽州诗词研究"（sxkfkt2302），黄山学院校级重点研究项目"徽州山水诗的文化解读"（2022xskzd004），黄山学院校级人才启动项目"中华优秀传统文化视域下徽州诗词研究"（2024xskq006）等的研究成果。

目　录

序／1

卷一　诗五十三首

恭和御制十二月十一日喜雪元韵／3

戊子春帖子词／3

恭和御制十二月二十日复雪叠前韵元韵／4

恭和御制元旦试笔元韵／4

恭和御制重华宫集廷臣及内廷翰林等三清茶联句复得诗二首元韵／5

恭和御制春仲经筵元韵／6

恭和御制二月初八日雪元韵／6

恭和御制咏痕都斯坦玉墨瓶笔室元韵／7

恭和御制耕耤禾词元韵／7

应制赋得紫禁朱樱出上阑得圆字／8

恭和御制喜晴元韵／8

恭和御制孟秋恭奉皇太后幸避暑山庄启跸之作元韵／9

恭和御制过九松山放歌元韵／9

恭和御制南天门揽胜轩作元韵 / 10

恭和御制出古北口元韵 / 10

恭和御制驻喇嘛河屯元韵 / 11

恭和御制至避暑山庄作元韵 / 11

恭和御制题宜照斋元韵 / 12

恭和御制出丽正门恭迎皇太后至避暑山庄作元韵 / 12

恭和御制即景元韵 / 13

恭和御制下高峰至玉岑精舍作元韵 / 13

恭和御制清舒山馆元韵 / 14

恭和御制颐志堂元韵 / 14

恭和御制千尺雪元韵 / 15

恭和御制即事元韵 / 15

恭和御制阿里衮明德奏报滇省雨水秋成情形诗以述怀用去年鄂宁奏二麦有收志慰诗韵元韵 / 16

恭和御制敞晴斋元韵 / 16

恭和御制题含青斋元韵 / 17

恭和御制放鹿元韵 / 17

恭和御制十一月三十日雪元韵 / 18

己丑春帖子词 / 18

恭和御制重华宫茶宴廷臣及内廷翰林等冰床联句复成二什元韵 / 19

恭和御制辇中对雪得句元韵 / 19

恭和御制题曹霸赢马图用旧作韩干人马图歌韵元韵 / 20

恭和御制题张僧繇夜月观泉图元韵 / 20

恭和御制题林逋二札四用苏轼韵 / 21

恭和御制咏痕都斯坦满尺玉盘元韵 / 22

应制咏芝屏 / 22

应制赋得上水石得非字 / 23

卷二　诗六十七首

恭和御制元正太和殿赐宴纪事二律元韵 / 27

恭和御制正月初三日雪元韵 / 27

恭和御制紫光阁赐宴外藩叠去年题句韵元韵 / 28

恭和御制正月六日重华宫茶宴廷臣及内廷翰林等咏玉瓮联句并成是什元韵 / 28

庚寅春帖子词 / 29

应制咏痕都斯坦玉杓 / 29

恭和御制春仲经筵元韵 / 30

恭和御制题恽寿平画元韵 / 30

恭和御制赋得野无伐檀得扬字元韵 / 31

恭和御制十月初九日雪元韵 / 32

恭和御制咏周应钟元韵 / 32

恭和御制十二月十六日雪元韵 / 33

辛卯春帖子词 / 33

恭和御制正月五日重华宫茶宴廷臣及内廷翰林等适新题学诗堂用以联句并成是什元韵 / 34

应制题范宽群峰雪霁 / 34

应制题顾安拳石新篁 / 35

003

应制题黄公望雨岩仙观 / 35

应制题姚公绶竹树春莺 / 36

应制题文徵明兰竹 / 36

应制题陆治雪后访梅 / 37

应制题李迪春园游骑 / 37

应制咏周从钟 / 38

应制咏周编钟 / 38

皇太后八旬万寿恭纪五言律诗三十首 / 39

卷三　诗六十二首

壬辰春帖子词 / 49

癸巳春帖子词 / 49

蒙赐钦定重刻淳化阁法帖恭纪五言排律八十韵 / 50

甲午春帖子词 / 55

恭和御制重华宫茶宴廷臣及内廷翰林等用天禄琳琅联句是
　　日复成二律元韵 / 56

乙未春帖子词 / 56

应制咏宣和梁苑雕龙砚 / 57

应制赋得灯右观书得风字 / 58

应制恭咏玲峰四首 / 58

恭和御制题董诰五君子图五叠旧作韵元韵 / 60

己亥春帖子词 / 60

恭和御制赋得鸿雁来得时字元韵 / 61

庚子春帖子词 / 62

恭和御制元旦日雪元韵 / 62

恭和御制重华宫茶宴内廷大臣翰林等题四库全书荟要联句
　　并成二律元韵 / 63

恭庆皇上七旬万寿无疆词上下平韵三十章 / 64

卷四　诗三十一首

恭和御制题袖珍书元韵 / 77

恭和御制重华宫茶宴内廷大臣翰林等题快雪堂帖联句并成
　　二律元韵 / 77

辛丑春帖子词 / 78

恭和御制春仲经筵元韵 / 79

恭和御制经筵毕文渊阁赐茶作元韵 / 79

恭和御制赋得王良登车得心字元韵 / 80

恭和御制赋得不逾矩得夫字元韵 / 81

恭和御制赋得瑾瑜匿瑕得差字元韵 / 82

恭和御制十二月十二日雪元韵 / 82

壬寅春帖子词 / 83

奉敕题王翚雪江图 / 84

恭和御制重华宫茶宴内廷大臣翰林等咏七十二候联句并成
　　二律元韵 / 84

奉敕题萧云从山水长卷 / 85

恭和御制仲春经筵有述元韵 / 86

恭和御制经筵毕文渊阁赐宴以四库全书第一部告成庋阁内
　　用幸翰林院例得近体四律首章即叠去岁诗韵元韵 / 86

恭和御制耕耤禾词元韵／87

卷五　诗五十四首

癸卯春帖子词／91

恭和御制重华宫茶宴廷臣及内廷翰林等职官表联句复成二什元韵／91

恭和御制正月十日乾清宫普宴宗室得句志喜十韵元韵／92

恭和御制题王翚雪江图元韵／93

奉敕题元榻石鼓文四首／94

恭和御制春仲经筵元韵／95

恭和御制经筵毕文渊阁赐茶复得诗一首元韵／95

恭和御制赋得方圆随规矩得先字元韵／96

奉敕题赵孟坚落水兰亭／96

应制赋得仙露明珠得秋字／98

恭和御制十二月廿五日复雪元韵／98

恭和御制重华宫茶宴廷臣及内廷翰林等五经萃室联句复成二什元韵／99

甲辰春帖子词／100

恭和御制题林逋诗帖卷五叠前韵元韵／100

恭和御制命彭元瑞曹文埴检四库全书古来见元孙者有几据奏自唐迄明凡六人诗以志事元韵／101

圣驾六巡江浙恭纪春台词三十首／102

卷六 诗三十八首

乙巳春帖子词 / 111

恭和御制重华宫茶宴廷臣及内廷翰林以千叟宴为题得近体
  二首元韵 / 112

恭和御制千叟宴恭依皇祖原韵 / 113

恭和御制赋得循名责实得班字元韵 / 113

恭和御制二月初七日雪元韵 / 114

恭和御制上丁释奠后临新建辟雍讲学得近体四首
  元韵 / 114

恭和御制新正重华宫元韵 / 115

丙午春帖子词 / 116

恭和御制重华宫茶宴廷臣及内廷翰林用五福五代堂联句复
  得诗二首元韵 / 116

恭和御制题郎世宁绘准噶尔献马图元韵 / 117

恭和御制上元后一日小宴廷臣即事得句元韵 / 118

应制题洛神赋图 / 118

恭和御制春仲经筵元韵 / 119

恭和御制经筵毕文渊阁赐茶有作元韵 / 119

恭和御制六月初六日夜雨元韵 / 120

恭和御制六月初九日雨元韵 / 120

恭和御制六月十二日雨元韵 / 121

恭和御制六月十三日喜晴元韵 / 121

恭和御制留京王大臣奏报京畿晴雨时若诗以志慰
  元韵 / 122

007

丁未春帖子词 / 122

恭和御制重华宫茶宴以开国方略集成为题联句并成二什
  元韵 / 123

恭和御制上元后一日小宴廷臣元韵 / 124

恭和御制题文彭刻陋室铭章元韵 / 125

恭和御制曹文埴养亲归里因赐之什元韵 / 125

卷七　诗十一首

恭和御制八月初三日夜雨六韵元韵 / 129

皇上御极六十年万庆诗十章 / 129

卷八　诗十八首

恭和御制立秋日作元韵 / 141

恭和御制直隶总督梁肯堂报雨诗以志愧元韵 / 142

恭和御制六月二十九日雨元韵 / 142

恭和御制署福建巡抚魁伦奏早稻收成八分米粮价减诗以志
  事元韵 / 143

恭和御制留京王大臣报雨诗以志慰元韵 / 143

恭和御制观瀑口号二首元韵 / 144

恭和御制永恬居元韵 / 144

恭和御制素尚斋戏叠癸丑韵元韵 / 145

恭和御制七月初九日处暑日作元韵 / 145

恭和御制甫田垯秋元韵 / 146

恭和御制登四面云山亭子叠去年诗韵元韵 / 146

恭和御制直隶总督梁肯堂奏报秋禾收成八分诗以志慰元韵／147

恭和御制获鹿元韵／147

恭和御制不遮山楼口号元韵／148

恭和御制万树园锡宴祝嘏内外藩王及各国使臣即席成什元韵／148

恭和御制赋得形端表正得心字元韵／148

太上皇帝纪元周甲授受礼成恭纪全福九言诗上下句各一百韵／149

序

诗何昉乎？昉于虞廷赓歌，盛于《七月》《卷阿》诸作，此数圣人者皆遇千载一时不可逢之嘉会，而又极古作者之才，所谓和其声以鸣盛也。降及后世，《考槃》《衡门》之什兴，善诗者率沦落不偶，于是唐宋以来遂有少达多穷之说，是固不然。官保大司农荠原曹公与余交最久，知公之诗寝食于白、苏两家者深，乾隆丁亥冬奉恩召入内廷，余随公后，同侍直者二十年，每丹槛宣示命南书房翰林和韵，公每一篇出，天子辄嘉之，同人亦翕然服之。丙午公在浙省驰折奏事，上特以御制诗五章属公和韵；丁未公乞养母归里，凡御制刻石必颁赐公。公于庚戌来京祝嘏，今秋亦以国庆诣阙，俱命和诗，故公恭和之作特多，今裒而集之，颜曰《直庐》，纪荣遇也。余想古之诗人多矣，往往慷慨悲歌，托于不得志者之所为，而纡金紫着荷过囊者或不能辞，与事相称铺张扬厉以荐郊庙，以与古作者颉颃。幸有辞矣，如汉之邹、枚，唐之沈、宋，而君臣相遇又未必咸有一德，雍雍然上追喜起之隆。今文思天子垂拱于上，而公以凌跞千古之才黼黻其间，是殆如景星庆云乘时而献瑞也。后之颂公诗者，知其人，论其世，咸欣欣焉作唐虞三代想矣。於戏，盛哉！

乾隆六十年岁在乙卯冬十月既望馆后学平湖沈初

卷一　诗五十三首

恭和御制十二月十一日喜雪元韵

征丰又告瑞霙嘉，盈尺平铺九野沙。
应腊三番浓布润，先春五日灿生花。
冰绡展素当阶叠，琼屑因风点树斜。
定识垓埏歌圣泽，来牟率育裕根芽。

戊子春帖子词

六花迎腊早，半月得春先。
岁德符丰楙，还征大有年。

五世麟振集紫庭，万年宝牒奉慈宁。
大方海藏春无量，佛寿增如贝叶经。①

宝翰生春协化工，朝正玉帛总来同。
律回双琯元音合，又报天南喜气通。

---

① 原刻此处注云：时奉命恭写《华严经》。

恭和御制十二月二十日复雪叠前韵元韵

霏霏雪又验休嘉,大地炉中比漉沙。
频集彤庭阶是玉,才乘木德树生花。
云疏映日光逾彻,风细凌虚势自斜。
正值椒盘将献候,平畦好润韭芹芽。

恭和御制元旦试笔元韵

履端佳气八方同,丰楸占年圣泽融。
时玉尚看盈沃野,温纶又见出深宫。①

雁臣万里瞻天切②,凤琯三元协律工。
阊阖云蒸环彩仗,曙光开霁映曈昽。

承恩橐笔入蓬瀛,韶景初欣就日明。
暖挹条风方引律,微同小草亦抽萌。

---

① 原刻此处注云:去年被水偏灾各州县,诏加赈恤。
② 原刻此处注云:是日有霍罕使臣随班行礼。

万年觞进光浮碧,千佛灯悬采焕晶。

无量华严春似海,慈禧长颂宝筹盈。

恭和御制重华宫集廷臣及内廷翰林等三清茶联句复得诗二首元韵

迎韶律应暖风回,欢宴朝来两度开。
藻耀宸章惊裔丽,笺分联咏幸趋陪。
螭坳珥笔承新泽,贝叶书经愧薄才。
日侍西清春昼永,芸窗砚匣净无埃。

茶香宁待得新烹,一许吟诗齿颊清。
火蕴竹炉原巧制,液融琼屑况天成。
三番积素收冬日,几缕轻烟扬午晴。
谁复惠山夸味美,品泉会荷驻云旌。

恭和御制春仲经筵元韵

典昭令月协天工，日涌东华殿角红。
忠恕旨从会氏授，危微治与有虞隆。
一堂拜手承师说，两论传心仰圣功。
直以舜咨兼孔思，诸家传注岂能同？

恭和御制二月初八日雪元韵

上元雪后月将弥，又见春风舞练丝。
麦陇深青沾既渥，花畦浅碧带余滋。
丰征吉戊灵坛戒，瑞应凌晨驿奏披。
漫道洗兵惟有雨，清凉炎徼已先驰。

恭和御制咏痕都斯坦玉墨瓶笔室元韵

碾从回部列书城，纳管充壶便挈行。
宁待镂犀还琢海，也宜号客更名卿。
千秋考异资真鉴，万里同文达远情。
先后双盘偕贡赆，白珩底用宝南荆。

恭和御制耕耤禾词元韵

岁德元辰正叶期，春风款款日迟迟。
土甘水润占丰兆，南亩亲农举令仪。
塍边浥露垂条密，陇上迎阳庶草萌。
多少农民歌帝力，年年黛耜见躬耕。

举耒携锄耦自千，畴平如砥陌如弦。
冬来瑞记更番雪，早见青青匝麦田。
洪縻欣挽一犁轻，抚耜公卿次第行。
布谷也知民事早，迎风飞向绿阴鸣。

应制赋得紫禁朱樱出上阑得圆字

气应清和朱果熟,根叨滋沃上阑偏。
荐新礼重千官肃,分贶恩隆万颗传。
丝笼挈来红欲滴,瑛盘擎出火初然。
非丹却爱如丸转,有液遥看映日鲜。
味觉甘逾崖蜜厚,色还匀比蜡珠圆。
珍宜凤饲沾朝露,残许莺衔入晓烟。
好纪蓬瀛增盛事,敢希摩诘号诗仙。
赤忱愿共鸳班励,朵殿抽毫拜赐先。

恭和御制喜晴元韵

一经虔祷向清晨,时雨时晴几度新。
红稻花开迎野老,碧林风好拂耕人。
频瞻五夜情逾切,始识三农福有因。
玉烛常调丰屡告,天心感在圣心真。

恭和御制孟秋恭奉皇太后幸避暑山庄启跸之作元韵

跸路尘清凤辇安，郊原霁色快承欢。
平林露洗稠枝净，远嶂烟开曲磴盘。
每值秋登欣税驾，好听衢颂近吟鞍。
大田多稼仍蠲赋，益庆如云匝地宽。

恭和御制过九松山放歌元韵

九松根深长孙子，至今山得存其名。
秋岩爽气放新霁，低枝小干亦有触石冉冉苍云生。
交青隐与碧天映，送响远作寒涛鸣。
銮舆时迈度山径，但见烟幢芝盖俨如千重万重之环珠阁与香城。
九松虽化排风老龙去，眼中之而之势已具百尺摩空情。

9

恭和御制南天门揽胜轩作元韵

天门陡折驾云逵，八尺轩楹罨画披。
上界疏钟飞逸响，层檐老树挺奇姿。
遥看紫塞横秋候，正是黄云夹陇时。
揽胜不徒山水乐，宝惟稼穑永昭兹。

恭和御制出古北口元韵

平平周道万方遵，塞上谁非爱戴民。
始信怀柔归圣德，徒夸百二笑强秦。

晓色澄空露气凉，关门勒马振秋裳。
俨然七月诗中画，葵菽青青苇未黄。

一带层山一线蹊，如云列扈后先齐。
秋来时迈勤劳惯，每御云骢不驾輗。

恭和御制驻喇喀河屯元韵

四面秋山碧作城,光澄濡水十分明。
缘流架屋资圆鉴,布润盈田利熟耕。
每忆尧年留渥泽,仰瞻奎画丽新晴。
从绳岁举时巡典,云翠松青映彩旌。

恭和御制至避暑山庄作元韵

七日山程未及旬,迎銮夹道颂皇仁。
千村望去千畦稔,一岁秋来一度巡。
抚景最欣观宝稼,挥毫犹自念耕民。
林霏山霭皆含润,亦有清光入座频。

恭和御制题宜照斋元韵

如镜空明符圣性，开轩恰对日轮西。
一天爽气供廷伫，万象清光入品题。
花到秋来知意净，山当晚去觉峰低。
窗间更待凉蟾度，疑有冰壶手自携。

恭和御制出丽正门
恭迎皇太后至避暑山庄作元韵

拱立平明侍辇迟，媲隆圣孝更谁其。
九霄爱日临晴塞，万顷膏田绕大逵。
泽洽黔黎歌渥矣，庆行藩卫咏萧斯。
慈云直荫三千界，亿载长欣集福禧。

恭和御制即景元韵

日暄雨润时各宜，芃芃者禾秭秭黍。
圣人勤民重嘉谷，凤驾秋期往观穞①。
远峰出沐林霭清，圆沼澄空镜光睹。
睿赏怡情不在斯，在我农人得其所。

恭和御制下高峰至玉岑精舍作元韵

蕴藉爱秋山，如人性和易。
睿情会冲赏，游览时命骑。
陟巅复循谷，咀彼旷奥味。
面目各有真，景趣随所试。
高峰骋遐观，物外得静意。
回马俯玉岑，爽气绝尘累。
径转入精庐，触境惬幽事。
秋光照楹庑，小憩匪缘勚。

---

① 原刻此处注云：叶。

旷宇澄天青，奥区罨林翠。
吟怀自揽奇，妙义超文字。

恭和御制清舒山馆元韵

仙馆秋光杳霭间，一林松竹罨幽关。
清澄涧水流仍止，舒卷山云出复还。
称意草花多灼灼，忘机檐雀绝嚫嚫。
几余乘暇延新赏，意静能参万象闲。

恭和御制颐志堂元韵

秋水淡烟浔，秋岩物外寻。
堂虚开朗镜，波定俯空林。
飞去雁沉影，行来泉细吟。
空明纤翳净，坐对惬天心。

恭和御制千尺雪元韵

寒光滟滟洗尘情，一片悬流照眼清。
不是琼霙飞糁日，却同身在玉山行。

四面青林碧嶂环，素光相映赏心闲。
只疑塞上秋飞雪，不信寒泉落远山。

一折悬崖雪一层，凉秋爽气正初澄。
浮空色相原无相，圣谛先参不二乘。

恭和御制即事元韵

我皇宵旰勤稼穑，雨多忧潦少忧旱。
守吏常令入告频，系怀讵必田功损。
高原粟麦计春秋，低陇秧苗占早晚。
近秋江浙雨泽稀，赐恤宽征毋少缓。
勖哉司牧慎所司，至人心镜从来远。

恭和御制阿里衮明德奏报滇省雨水秋成情形诗以述怀用去年鄂宁奏二麦有收志慰诗韵元韵

蛮结已大捷，相势缘撤兵。
整旅将再进，行粮帝念萦。
九重通万里，如睹原隰形。
感召获占丰，冉冉黄云平。
夹陇驾篝车，香气浮玉粳。
士马尽腾饱，顾盼谋功成。
天心早协应，仓箱看倍增。
长驱扫氛瘴，螳斧敢不宁？

恭和御制敞晴斋元韵

秋山带润展新晴，光映轩楹畅睿情。
石不染尘如拭镜，露犹凝树俨含晶。
日升遥彻三霄影，风定初沉万籁声。
静里渊涵超色象，眼前名物入诗评。

恭和御制题含青斋元韵

碧霭重重入画桱,无边树色映山形。
雨余滴尽垂檐翠,风起飘来隐几青。
秋好也题红叶句,窗虚宜写绿天铭。
蔚蓝环抱吟轩静,鸟语虫鸣断续听。

恭和御制放鹿元韵

逸者何飞扬,获者旋觳觫。
皇仁逾汤网,意原匪角逐。
毋徒恃逃窜,神照周隐伏。
宽严随所宜,讵惟在岩鹿。
负嵎空尔为,相顾起惭恧。

恭和御制十一月三十日雪元韵

麦芒新茁绿,时雪润深宵。
告瑞琼田渥,歌丰律琯调。
玉花迎腊结,云气放晴消。
视晓天颜喜,先瞻自近寮。

己丑春帖子词

一气土相生[①],占丰稼穑盈。
春来秋豫庆,处处乐春耕。

人日新正恰得辛,圣皇祈谷为黎民。
东风不待元辰到,报向嘉平贺早春[②]。

瓜瓞绵绵大雅章,兰陔爱日日方长。
毓麟集凤频添喜,五世欢承万寿觞。

---

① 原刻此处注云:岁德属土,立春在丑月,亦属土。
② 原刻此处注云:立春在元旦前三日。

恭和御制重华宫茶宴廷臣及内廷翰林等冰床联句复成二什元韵

华宴朝来次第开，冀舒三荚斗杓回。
词臣咸幸茶擎碗，藩服才看酒酌罍。
烟袅篆文熏鼎柏，雪凝玉片绽盆梅。
九霄和煦春先满，小草迎阳愧匪才。

联咏重叨盛典仍，恩深湛露益兢兢。
年占土德功原厚，春应金穰稔有征。
衽席已登群族普，冰壶犹念一心凭。
霁光遥映芝屏彩，已见缤纷瑞霭凝。

恭和御制辇中对雪得句元韵

同云浓酿瑞霙成，仪葳圜坛入紫城。
六出飞时含意蕊，三农望处慰心旌。
衢真铺玉晓生彩，树尽装梅春有情。
茂对所欣非景色，丰占万顷麦田盈。

恭和御制题曹霸赢马图
用旧作韩干人马图歌韵元韵

将军画马世所稀,披图忽喜识真面。
双马支离态自雄,惨淡经营在骨干。
画马信知赢马难,笔端神妙惊罕见。
修缰不受维深宵,旷野无妨卧旭旦。
一千余载埋风烟,犹睹清光溢生绢。
将军昔日缠坎壈,漂泊有似登楼粲。
讵知异代邀睿题,墨宝遥瞻供香案。
由来相马如相人,写真何异邦之彦。
顾视清高意不群,力耶德耶有兼擅。
试看良马渥洼来,骧首咸登阊阖观。

恭和御制题张僧繇夜月观泉图元韵

写生泼墨妙兼稀,花木云烟信手挥。
照月泉流光不定,入松琴调韵犹非。
清随鹤梦三更永,幽隔山梁一径微。
触境自符仁知性,林容谷响会真机。

恭和御制题林逋二札四用苏轼韵

逋翁品清字亦清,二札流传具区曲。
瘦骨宛同鹤羽白,寒光似见梅英绿。
石田得之什袭藏,宝贵真逾径尺玉。
题以新诗叶苏韵,亦复萧疏绝尘俗。
一时骚客集坛坫,展玩留吟偕刻烛。
石田虽和东坡题,未见五诗犹未足。
冲霄难合两剑铓,尝鼎仅止一脔肉。
讵识奇珍终不孤,墨香同入石渠录。
煌煌天藻阅四题,元音叠谱虞廷曲。
自听宫角洗筝笛,如对山水厌丝竹。
秘笈苏书归去来,林家赏并陶家菊。

恭和御制咏痕都斯坦满尺玉盘元韵

良工砂石不须为，远自葱河贡使驰。
盈尺珍堪推寸晷，中规制可并圆池。
团团碧月分璘彩，瓣瓣瓜文簇蒂蕤。
璧合双盘天府宝，美全九德圣人思。

应制咏芝屏

文屏芝一本，瑞气蔼中蟠。
九叠开霞嶂，三霄簇玉盘。
锦张花错采，云展色浮丹。
昼永桐轩敞，瑶图丽扆端。

应制赋得上水石得非字

窗右一卷秀，盆中勺水微。
上蒸何冉冉，虚受想依依。
不汲偏能引，高居自弗违。
渍疑纤雨似，触拟湿云非。
山泽原通气，根源若协机。
倒穿殊石溜，浮润遍苔衣。
众卉欣滋沃，渊衷会指归。
偶吟皆寓道，利物敕时几。

卷二　诗六十七首

恭和御制元正太和殿赐宴纪事二律元韵

周甲欣逢景运旋，嵩呼元会玉墀边。
赐酺惠洽千官肃，敷政勤归一念虔。
负耒横经恩并逮，弹冠鼓腹庆相联。
始和布令由来重，凤诏遥从凤阙传。

宣阳太蔟律该阴，扣陛风和翠仗森。
布泽如春寅亮切，占丰有兆鉴观临。
祥霙正好开屏胜，时玉真堪比国琛。
雁旅鹓行云集处，点衣心喜更心钦。

恭和御制正月初三日雪元韵

祥征首祚玉霙垂，果庆霏霏继普施。
六日先春飞六出，三朝作势兆三时。
早知书岁占登稔，正为开韶应肇釐。
恰似始和宣恺泽，九天锡福万民禧。

恭和御制紫光阁
赐宴外藩叠去年题句韵元韵

筵启瀛壶彩仗行，协风和畅日鲜晶。
宾臣岁浃初元集，快雪时偕五瑞呈。
昆玉琼华新琢器，蛮笺金叶特胪情。
欢声共效呼嵩祝，周甲欣逢庆典成。

恭和御制正月六日重华宫茶宴廷臣
及内廷翰林等咏玉瓮联句并成是什元韵

迎韶正告协风时，周甲尧年亿万斯。
元会层霄才锡宴，法宫晴昼又联词。
拜恩重幸琼膏渥，纪庆惭无丽藻摛。
瑰宝西濛征地产，宁同玩物近于嬉。

宝器休将玛瑙称，露坛当日得何曾。
祥开紫阁功谁并，瑞应琼华德本应。
屏胜早悬人日彩，盆花犹结岁寒朋。
好看盈瓮储云液，恰与衢尊挹注增。

庚寅春帖子词

占穰征乐岁,该物应熙春①。
六宇歌财阜,蠲租凤诏新。

兰殿攸宜苞茂颂,云屏载献乔皇铭。
福全仁寿申敷锡,人瑞齐眉届百龄。

朝宗沽淀水波恬,迎辇香盘乐就瞻。
东望津门春律暖,祝釐长共海筹添。

应制咏痕都斯坦玉杓

西服输诚后,流膏挹注宜。
琢瑑逾木杓,列器并龙彝。
斗与星分采,兰真玉结蕤。
衢尊欣远酌,德柄实先持。

---

① 原刻此处注云:立春日次丁亥。

恭和御制春仲经筵元韵

时敏修来迈古云，弼岐说陋释经群①。
安行始是希天圣，观养宁惟劝士文。
奎壁日先垣右宿②，典谟义指掌中纹。
趋承幸得陪鹓鹭③，至训初聆仰笃勤。

恭和御制题恽寿平画元韵

柳堤春牧

裊裊堤边百丈丝，晓来放牧暖风宜。
刍场不用鞭捎指，牛惯经过路自知。

---

① 原刻此处注云：释经家注《周易》《孟子》者，王弼、赵岐得列学官，恭读御论，发挥义蕴，实二家所未见及。

② 原刻此处注云：二月初四初五日临奎壁。

③ 原刻此处注云：臣以备员记注，是日轮值侍班，获聆圣训，昭若发蒙。

云生泉涌

飞珠疑雨却还晴，霭霭阴中活活鸣。
出岫无心流不竞，坐来人比玉壶清。

江山胜览

翠挹层峰碧鉴流，江光山色载轻舟。
何如咫尺收千里，不作行游只卧游。

花溪月影

花初映玉月微黄，泛彩霏香入小舫。
倚棹不嫌归去晚，盘中影合镜中光。

溪山积素

冷云消尽雪花凝，一带瑶峰一碧澄。
贪挹寒光舟不动，只疑冻合晚溪冰。

恭和御制赋得野无伐檀得扬字元韵

作人歌寿考，恩与惠风扬。
列植罗文苑，怜才入睿章。
培臻千尺茂，计以十年长。
取则檀堪伐，程材士敢遑。
干贞如不负，轮斫亦何伤。
未许濒河置，宁同韫椟藏。
用期行辙合，工识造车良。

益算欣无量,薪槱举典常。

恭和御制十月初九日雪元韵

同云入晓结浓阴,占稔初冬应候谌。
小雪才先三日过,六花早见万枝侵。
低原委积高原接,近嶂模糊远嶂沈。
树石玲珑皆糁玉,解迎旋跸一经临①

恭和御制咏周应钟元韵

羽音从律月,凫制奏公年。
螺绾圆枚凸,虫旋巨钮卷。
阂阴征应复,协器准雕镌。
圆入西清鉴,摩挲法物传。

---

① 原刻此处注云:先一日,旋跸至圆明园。

恭和御制十二月十六日雪元韵

丰占仍应腊，晨雪舞空遥。
陡现山容洁，能苏野烧焦。
玉看迎砌合，花爱点衣飘。
信已先春递，沾还入麦饶。
耕畦随罫布，炊屋近烟消。
告瑞量分寸，村农手共招。

辛卯春帖子词

周甲元春启，宾寅爱日升。
无疆山比寿，掖辇岱云登。

勤民典学并殷怀，铭仰宫屏记仰斋。
行健至诚三纪届，树基有道万年皆。

先春告瑞璇花六，接岁兴贤蕊榜双。
良耜歌兼歌棫朴，由来雅颂叶鸿庞。

恭和御制正月五日重华宫茶宴廷臣及内廷翰林等适新题学诗堂用以联句并成是什元韵

蓂抽五叶迓春阳，云映天题榜揭堂。
四始探诗征册府，三清瀹茗萃词场。
含章连类搜罗富，去赝存真鉴别详。
摛记名言苞广大，瞻同数仞圣人墙。

琅函十二撷菁华，法本吴装致足嘉。
还与据经分次第，好从开帙辨贞邪。
砆无混玉真宜宝，腋用成裘却异奢。
最是正讹昭大义，卑之笺疏号专家。

应制题范宽群峰雪霁

几层云影卷素，一碧天容放晴。
杰阁峰峰玉照，寒溪树树花明。
篷底酣眠舟子，禅房入定僧雏。
尚怯余寒未起，不知日映冰壶。

应制题顾安拳石新篁

淮东写竹推定之，一枝一叶皆有师。
远宗协律拂云势，近法与可悬崖姿。
兹图意匠不放笔，独揽清气归墨池。
一拳佳石夜露洗，两竿修竹晨风披。
杳然空谷隔人世，春园秋圃非所思。
岁寒楼中此写照，想见月冷霜清时。

应制题黄公望雨岩仙观

层峰一万寻，冉冉结云阴。
树色烟中合，钟声雨外沈。
村墟迷下界，楼阁隐遥岑。
泼墨犹疑湿，微茫磴道深。

应制题姚公绶竹树春莺

竹疏爽兮微青,树萧森兮未绿。
小鸟兮何知随,东风兮出幽谷。
拂双羽兮翻飞,岂求友兮逐逐。
解迎春兮报春,识韶光兮在目。
抽嫩筱兮凤翙盈,吐新叶兮虬枝沃。
将下上兮林间,嘤其鸣兮往复。
聆好音兮如簧,拟春游兮制春服。

应制题文徵明兰竹

九畹香浮晓气,一竿玉戛宵声。
无言亦有芳意,独立何嫌逸情。
洁外虚中合美,捎云泛霭双清。
也如邂逅君子,泉石之间订盟。

清景疑经湘浦,瓣香欲法鸥波。
娟娟雨洗含净,冉冉风来扇和。

开径此君乃尔，搴芳彼美如何。
仿佛停云仙馆，翛然高致婆娑。

应制题陆治雪后访梅

园林雪有花，白似南枝放。
山意或冲寒，春前一相访。

未作探梅游，先作探梅画。
不用写横斜，超然色香界。

平湖驾小舟，湖上林光洁。
呼僮子细看，莫认梅为雪。

应制题李迪春园游骑

名园位置如天成，玉栏曲折苔径平。
佳石横支碧云晓，老树低亚香雪晴。
幽人寻春恣探讨，霜蹄得得东风生。
马识旧路趁鞭影，犬认熟客无吠声。

抱琴童子惯前引,归去不知凉月明。
料应夜坐弹一曲,曲中还带梅花清。

应制咏周从钟

铿韵韶钧发,钟传凫氏金。
回环铭遍勒,斑驳晕微侵。
立号宣群响,含和振始音。
旋宫开六律,即见率从心。

应制咏周编钟

金虡编悬旧,成周器尚完。
葭筒征子月,凫氏考冬官。
苔古斓斑蚀,纹深屈曲蟠。
虞廷精协律,法物重瑰观。

皇太后八旬万寿恭纪五言律诗三十首

其一
凤纪昌符协,虹流景祚隆。
三仪开宝运,八帙奉璇宫。
寿宇光华远,春台鼓舞同。
升平昭孝治,万国共呼嵩。

其二
萱庭春最永,华渚瑞先钟。
地宝金精萃,天元水位逢。
三霄凝紫气,六琯应黄钟。
太史书云日,先占庆霭浓。

其三
化日登三代,慈云荫万邦。
清宁同得一,福德自兼双。
翠箑荣瑶砌,金芝映绮窗。
群仙齐献祝,缥缈驻霓幢。

其四
前度重光运,敷天祝圣慈。
伶筒增岁月,挠甲衍干支。
合璧三元瑞,联珠万寿词。

十年周复始，又见介兰墀。

其五
八八回环数，昌延奉懿徽。
辛穰占管籥，卯茂协璇玑。
花自瑶池放，葭从缇幕飞。
共球方翕集，蹈舞向彤闱。

其六
昨岁天宁节，尧龄周甲初。
倾心连海裔，拜手集云裾。
锡类欢同畅，抅谦善不居。
万年禧叠庆，胪福上安舆。

其七
瑞牒逢昌运，瞻依六合趋。
镜呈仁寿字，畴衍太平图。
玉烛三光炳，金枝五代俱。
环瀛和会日，络绎献苞符。

其八
将届称觞岁，全租赐复齐。
粒方停漕舶，缗更贷耕犁。
委蓄胥充屋，余粮自被畦。
殷勤藏富意，遍德在烝黎。

其九

昭代登人瑞，耆儒被泽偕。
名仍联棘院，秩或晋槐街。
特益羲官册，同旌绮皓侪。
千秋值嘉会，翘首向金阶。

其十

析木津门次，安舻锡福来。
双沽分澹沱，两淀泻瀁洄。
击壤连圻甸，添筹近瀚陾。
银帆徐引处，韶景望中开。

其十一

文教敷中外，云章广作人。
抡科分甲乙，纪岁接庚辛。
凤羽摩霄日，龙媒得路辰。
辟门邀茂典，到处拜恩纶。

其十二

展礼升东岱，金舆翊卫殷。
观高先曜日，岩古半封云。
柏嶂虬螭影，苔碑蝌蚪文。
寿釐虔祝处，光霭倍氤氲。

其十三

鸾辂临秋狝，乘时出塞垣。
弯弧随七萃，载燧列诸蕃。
接踵趋行幄，胪忱献寿尊。

梯山来万里，毳幕似云屯。

其十四
勃律天西路，归诚部众欢。
万家齐负襁，九月正迎銮。
白阜提封广，肜筵渥泽宽。
旌门陈猎骑，兼许远人观。

其十五
龙刹新营就，山庄积翠间。
三摩依佛日，万福祝慈颜。
贝叶承函灿，昙花涌座斑。
新蕃兼旧部，膜拜共联班。

其十六
慈怀增悦豫，国庆最殷阗。
紫塞回云跸，肜宸展珉筵。
璇筒三至近，騄币万方连。
簪绂来庭盛，欢心洽八埏。

其十七
日下开王会，楼台倚绛霄。
芝栭回窃窱，鸳瓦耸岧峣。
七宝诸天回，三山巨海遥。
分明图画里，金翠望迢迢。

其十八
蕊阙通仙馆,云衢接近郊。
两行明锦绣,九奏响笙匏。
鸾鹤翩跹下,鱼龙曼衍交。
欢声随辇路,庆洽地天爻。

其十九
迢递华芝引,森严绛节高。
至尊扶宝辇,群牧集银袍。
法驾骖双凤,神山踏六鳌。
拜瞻金母过,花实祝蟠桃。

其二十
日御迎长至,仙阊启大罗。
丹台春不老,缇室气长和。
受禄天申命,胪欢帝载歌。
曈昽瞻晓色,佳气九霄多。

其二十一
彩仗陈中禁,煌煌懿号加。
琳函云作篆,宝玺玉含华。
穗箓长骈叶,芝图并献花。
鸿称新纪颂,奎翰焕层霞。

其二十二
紫闼鸿庥集,彤宫燕喜长。
庆筵张组绣,仙佩集珩璜。
迓福符三宝,迎和肇一阳。

衮衣欢舞彩，愿侑万年觞。

其二十三
果向金函启，浆从宝瓮盈。
龙旈亲视膳，麟趾遍称觥。
瑞鹤衔芝舞，仪凰应竹鸣。
仙韶多喜气，雅奏协咸英。

其二十四
筐篚充庭实，椒宫祝万龄。
五纹缣灿烂，三采玉珑玲。
妙绘陈珍轴，迦文奉品经。
天声方四布，鹣鲽会重溟。

其二十五
冠佩趋天阙，群僚戒夙兴。
祥烟开羽葆，霁旭上觚棱。
序职歌三寿，调音集八能。
句胪方肃唱，九拜颂升恒。

其二十六
济济庞眉叟，争看九老俦。
问年应比鹤，征礼许扶鸠。
振佩依三殿，联裾近十洲。
香山承曲宴，盛事绘图留。

其二十七

祝圣琳坛敞，珠幢绀殿深。
苍林开瑞相，梵夹度清音。
运喜祥轮驻，光瞻慧镜临。
愿崇无量寿，莲座共钦心。

其二十八

受贺宸颜怿，推仁圣泽涵。
福征畴备五，欢效岳呼三。
奏律淳风邕，斟衢湛露甘。
乾维坤络外，协气八方覃。

其二十九

纠缦荣光炳，汪洋闿泽沾。
太和弥宇宙，至孝颂堂廉。
北极枢遥拱，南弧瑞屡占。
琼帏多福应，景庆快同瞻。

其三十

望阙微忱恋，歌衢众志诚。
欢情鳌共抃，温诏凤能衔。
乐谱钧天奏，图陈益地函。
延洪逢庆节，珥笔颂登咸。

卷三　诗六十二首

壬辰春帖子词

四始纪枫宸，回环万载轮。
圣皇久御宇，两遇岁朝春①。

慈宁九帙恰新开，岁岁仙筹海屋来。
更喜朝正添一部，呼嵩四卫共春台②。

新承恩命向江湄③，讲幄犹思侍玉墀。
天上为章云汉倬，咸歌寿考作人诗。

癸巳春帖子词

帝泽邕田功，阳回淑景融。
今年书大有，更胜去年丰④。

---

① 原刻此处注云：上临御以来，癸酉至今年壬辰再遇元日立春。
② 原刻此处注云：时土尔扈特全部归顺。
③ 原刻此处注云：臣奉恩命视学江西。
④ 原刻此处注云：壬辰各省报丰且收十分者居多。

天家景福自天申，慈寿还连圣寿新。
试看春晖酬爱日，闰来三月是长春①。

掖辇观河碧甸间，道旁童叟觐天颜。
微臣持节巡江国，愧未追随豹尾班。

蒙赐钦定重刻淳化阁法帖恭纪 五言排律八十韵

书学超三古，荣光被九天。
集成觇迹备，据实陋波沿。
旧观真还矣，新凡孰间然。
镌华符十卷②，垂训式千年。
汴宋征名刻，成都订旧编。
抽藏绦束笥，析奥妙钩璇。
派衍升元后③，规隆汝绛先。
镠堆模并冶，玑曲线偕穿。
纸样唐宫贵，松材易渚捐。

---

① 原刻此处注云：今年闰三月。
② 原刻此处注云：编次依王著之旧，厘为十卷。
③ 原刻此处注云：说者以淳化旧本为原于南唐《升元帖》。

摭拾粗具体，鉴别笑多癫。
论断辛淯甲，标题越适燕。
虽看裘集腋，难向海捞珔。
裒缀空当代，讥弹集后贤。
盲针疏白黑，喑叩赖筳篿。
长睿工持议，尧章早得筌。
秦评尚踦驳，顾释每纠缠①。
约略隅呈一，纷拏绪漏千。
镜中光未澈，井底见何戋。
定本成犹待，奇珍秘必宣。
发挥开睿作，守护借神传。
瑞沈临池涌，仙毫映烛燃。
宝纤希世赏，代轸阅辰遄。
毕傅时堪溯，苏卿岁更延。
盟津濡管渍，退谷展香捐②。
贻比和弓永，存惟硕果坚。
蓬山尊庋奉，朵殿仭流连。
上品球当拱，群讹莠欲搴。
物谁如汝寿，卷乃得其全。
刻石茹真远，厘笺砭误便。

---

① 原刻此处注云：姜夔著《绛帖平》，黄伯思、秦观各有专书纠谬而诠次未能精审，明顾从义音释舛误亦多。
② 原刻此处注云：内府旧藏宋赐毕士安初拓本，曾入苏颂家，近为孙承泽所珍秘，王铎复为审定题识。

正心仍笔札，过眼岂云烟。
类次咨东观，编摩候八砖。
训遵举要大，学邃执中权。
辨体星归舍，开宗渤界堧。
毫芒秦鉴朗，义例鲁经诠。
简表凡将著，碑湮吉篆镌。
灵威冠符策①，阙里仰杯棬②。
臣职昭曹牒③，王封削晋篇④。
分支罗葛蔓⑤，退列击鹰鹯⑥。
典午官应愧⑦，兰陵节未悛⑧。
张笺析开宝⑨，嬴碣斥岐汧⑩。
草任延和署⑪，时宁显庆蹎⑫。

---

① 原刻此处注云：帖内首列禹书为历代帝王之冠。
② 原刻此处注云：孔子不书官爵以尊道统。
③ 原刻此处注云：司马懿旧作晋文宣王，今改书魏太傅，入于魏臣之列。
④ 原刻此处注云：晋氏齐、会稽二王皆抑之，不使上跻诸帝。
⑤ 原刻此处注云：琅琊王氏凡十六人悉稽其谱系以分行辈。
⑥ 原刻此处注云：王敦、桓温皆依史例退序晋臣之末。
⑦ 原刻此处注云：系刘穆之于晋代，备书其官，以为臣怀贰心者戒。
⑧ 原刻此处注云：沈约历事齐梁，于所终之代系以示贬。
⑨ 原刻此处注云：旧误以张旭为张芝，今为考正。
⑩ 原刻此处注云：旧列李斯书，实唐李阳冰《河东裴公纪德碣》也。
⑪ 原刻此处注云：汉章帝书乃周兴嗣千文，或为后人集字，姑从其旧。
⑫ 原刻此处注云：旧帖于唐太宗、高宗书多淆误、悉为改定。

蕉书审初偈①，笳拍拾遗荃②。
郡姓依吹律，朝阶准序鳣③。
鹅群非赝鼎④，乌有诳空拳⑤。
导脉澄泾渭，区畦间陌阡。
知人严衮钺，相骨审皋歂。
逮及戈形锐，旁看波影妍。
折衷祛画肚，节解会分骿。
三体依文注，千行细楷悬。
罗罗环斗极，乙乙摘骊渊。
识已跻南史，详尤仿郑笺。
蜡描供颖楮，锋试命轮扁。
萃彩新硎焕，拘墟宿习湔。
兰亭俨初写，酉笈缅无前。
雅构崇丹禁，文轩列翠楄。
廊围群玉府，璧应贯珠躔。
澜阔鸥争戏，云深凤独翩。
皇情通宥密，神笔运陶甄。
天水卑寻辙，薰风企拂弦。

---

① 原刻此处注云：怀素书旧多误释，今加精核。
② 原刻此处注云：蔡文姬依《列女传》例，移于汉末。
③ 原刻此处注云：帖内爵里旧多讹错，今概依史文为定。
④ 原刻此处注云：献之《元度帖》并入无名氏书，而鹅群名迹真赝存而不论。
⑤ 原刻此处注云：旧作《古法帖》，或作何氏书者，悉改为无名氏。传信传疑体例允协。

寓言聊取尔，郅治曷加焉。
因慕还淳朴，咸思戒党偏。
文知恢道阃，理已彻书禅。
更沐恩施普，齐沾宠赉骈。
帙携肪共截，卷展轴同圆。
古色凝罗帕，清芬护翠缠。
捧归方拜舞，快睹竞纷阗。
榹肃行庐启，函盛福地连。
观簨陪石鼓，入院耀金莲。
梵宇瞻严祕，鸿都想咽填①。
胪欢腾艺苑，洽惠遍方挺。
钤印文蟠蚪，霏芸翼拓蝉。
盈箱忻戴岛，插架励挥椽。
小草承膏露，行旌奉使軿。
遭逢直香案，参校忆书筵。
至教钦常迪，微名幸附镌。
一斑徒仰测，什袭付精研。
合颗光莹琲，双南价压瓀。
铺陈羡宏父，谐谑鄙僧虔。
已溯源流正，长叨翰墨缘。
同文敷圣化，膺服矢拳拳。

---

① 原刻此处注云：直隶、山东、江浙行宫洎名胜座落各存贮一部，其在京翰詹衙门、国子监教习、庶常馆并各省会书院及名蓝道院亦均叨分赐。

甲午春帖子词

绮甲圣增龄，春辰庆协丁①。
大文开泰说，精蕴阐羲经。

桃关雪岭喜冬晴，报捷频驰凯奏声②。
时宪书新增各部，朝正奉朔遍西瀛③。

琅函荟萃馥新芸，四库编排帝右文。
今岁恰逢开蕊榜，椒花屏透桂花芬。

---

① 原刻此处注云：立春日辰属丁。
② 原刻此处注云：川省军营，冬日多晴。现在克期进剿金川，计日可望荡平。
③ 原刻此处注云：本年，时宪书增列各部幅员之广，为亘古所未有。

恭和御制重华宫茶宴廷臣及内廷翰林等用天禄琳琅联句是日复成二律元韵

协风三日刚先告，和气氤氲及物仁。
茶味许兼诗味挹，盆花遥袭墨花新。
宝函特启还循古，赝鼎都删讵乱真。
天禄旧储缃帙富，那沿藜阁读书人。

韵戛琳琅集采僚，九重恩露湛春朝。
几多古帙缄绨锦，那许香芸杂艾萧。
似璧连城辉映日，如珠照乘彻深宵。
更从东壁还西望，一道红旗凯奏谣。

乙未春帖子词

四时韶景启，五日协风来。
阳德符天数，含和万象陔。

百城旧贮开天禄,三阁新储记大文。
左右图书东壁富,正瞻晨旭丽彤云。

干枝岁叶金穰茂①,奋若辰符土德资②。
万宝绥丰旋凯后,青旗影里报红旗。

应制咏宣和梁苑雕龙砚

岁月宣和旧,烟云古汴沈。
空遗龙有角,谁惜砺如金。
片石文房在,仙毫法鉴深。
劝惩偕玉带,一正主臣心。

---

① 原刻此处注云:乙未纳音属金。
② 原刻此处注云:立春日癸丑。

应制赋得灯右观书得风字

逊志学于古，兴怀时敏功。
卷开呈字绿，膏继借灯红。
倚几图分左，当窗月正中。
检应铭座似，盼与见羹同。

不假三冬雪，频摇五夜风。
匪惟宜且有，自可博而通。
著录传刘向，谈经得马融。
何如右文代，藜阁九霄崇。

应制恭咏玲峰四首

宝晋曾余海岳癖，勺园犹记大房珍。
谁知芝岫披沙得，更有云根擢秀新。
名借摄山天肇锡，光依藜阁地尤亲。
后先等是遭逢幸，拂拭居然出暗尘。

欹奇历落不凡材，冉冉云容廿尺堆。
岂是百夫能辇致，却疑一鹭忽飞来。
穿将月色重重彻，缀得苔花面面开。
嗤彼壶中九华小，东坡问讯几徘徊。

玉玲珑与小玲珑，久入文轩造化工。
灵石巧将双美合，奇峰涌出百层空。
烟开金洞浅深启，地缩茅山高下通。
不假五丁神力凿，天然窃窱复巃嵸。

书藏二酉古称之，位置文源阁下宜。
每滴露于和墨处，不生云亦荡胸时。
百千万贮宝函富，八十一输层穴奇。
蕴采含辉香案侧，怡情还作砚山披。

恭和御制题董诰五君子图五叠旧作韵元韵

岁寒之盟有友五，永以为好适所性。
腊残自爱冰雪清，春及不染繁华病。
圣人对育大化裁，披图义取枛杜兴。
富春词臣子继声，玉堂呼如大小郑。
因材而笃得其养，至哉宸题契孔孟。
天之生物国进贤，所重无非君子正。
即物寓意垂训谟，自古官人斯立政。

己亥春帖子词

迎岁杓回斗，刚先十二辰。
旋宫周复始，亿万寿恒春①。

昌昌庶类育根荄，四海熙春信有台。
望幸东南新得请，条风送喜渡江来。

---

① 原刻此处注云：十八日立春至元旦，刚十二日，景运循环，足征无疆之庆。

免漕又随蠲赋后，为章更庆作人先。
非常恩泽常沾被①，圣德真如煦妪天。

恭和御制赋得鸿雁来得时字元韵

金粟初香日，黄花未放时。
新鸿乘素节，故侣别边陲。
恰带凉蟾影，谁愆去燕期。
远书情欲寄，始旦句应摛。
塞北知寒早，湘南入望迟。
稻粱谋贵豫，点画字无疑。
纪候飞潜若，观文造化师。
作宾先有主，失序讵遗嗤。

---

① 原刻此处注云：我皇上御极四十三年以来，免天下赋者三，免漕粮者二，开乡会科试者五，殊恩叠沛，古所未有。

庚子春帖子词

送腊春迎岁，由庚日叶年①。
无疆衍筹策，同乐合垓埏。

期颐就试偕髦士②，番部朝正集雁臣。
寿世寿人天下瑞，宇中宇外一家春。

十六年怀望幸情，渡江春信自南迎。
观民先与观民事，礼葳祈年启跸行。

恭和御制元旦日雪元韵

履端首庆逢甘雪，瑞色先披晓色微。
作势漫空来渐渐，凝华布地互霏霏。

---

① 原刻此处注云：元旦庚辰日千适符岁德。
② 原刻此处注云：己亥恩科，各省应试士子，年及八十以上者共二十六人，皆荷恩赐举人，一体会试。内闽省郭锺岳年九十九岁，今年正届百龄，尤征熙朝人瑞。

若时早著嘉亨象，布令应征感召几①。
膏挹兽樽堆玉映，光分彩袖舞花挥。
迎韶树恰添琼蕊，沾泽人如拥絮衣。
畅入新春连旧腊②，普施外甸自中几。
祥占万宝岁其有，节应三元古所希。
摛藻凛承天贶渥，弥钦宵旰念民依。

恭和御制重华宫茶宴内廷大臣翰林等题四库全书荟要联句并成二律元韵

瑞雪新韶欣屡告，晴开朝旭倍光华。
万函撮要分藏富，四库循名肇锡嘉。
荣许擘笺重接席，清宜漱润更擎茶。
一经自守惭章句，学海还同向若嗟。

成化观文迈往时，昌期千古盛于斯。
钩提务合群言采，荟萃宁嫌七载迟③。

---

① 原刻此处注云：本年，恭逢皇上七旬万寿，广沛恩膏，于元旦日颁诏。
② 原刻此处注云：除夕日已有微雪。
③ 原刻此处注云：癸巳年，命辑《四库全书荟要》，至己亥年成书，时阅六载。

御苑禁垣同启秀，琅编玉检尽搜奇。

每从簪笔依香案，仰见逢原圣学资。

恭庆皇上七旬万寿无疆词上下平韵三十章

谨序

洪惟我皇上御宇之四十有五年，岁在上章，月惟南吕。恭届七旬万寿，欣逢亿载昌期。际涪洽而重熙，洵德洋而恩溥。年臻五而岁登十，适符河洛之中；庚由道而子开天，允纪贞元之会。勋华丕盛，巍焕难名。窃依唐代之词臣，敬祝鸿禧于圣主。第以十章铺叙，未罄赓扬；爰于五字敷陈，倍胪歌颂。缀芜词而俪六句准六同；瞻寿宇而呼三数呈三什。分排律体和鸣，拟协律之篇；统括平声切韵，衍太平之象。敬拜手稽首以献其词，曰：

其一

泰运三阶协，昌图亿载鸿。

和庚祺更懋，兆子福滋丰。

轩纪旬增秩，尧年五位中。

畴陈皇极建，宝篆古稀隆。

熙皞春秋盛，升恒日月同。

寿躬兼寿世，万国效呼嵩。

其二

盛代如天福，垂衣仰九重。
同符维帱载，昭事倍寅恭。
典礼殷柴望，郊坛苾璧琮。
钦承瞻肃穆，降监重雍容。
参两功惟叙，修和帝奋庸。
重农彰至敬，千亩耤衡从。

其三

列圣贻谋远，徽猷肇骏厖。
承谟绵有道，衣德绍无双。
宴镐钦绳祖，迁岐缅造邦。
山河今带砺，关隘昔归降。
木叶蟠重岭，松花涌大江。
閟宫频展谒，珠阜拂仙幢。

其四

机务宁多暇，勤民日益孜。
宵衣传七起，刻漏准重仪。
无逸宸衷惕，其难景命基。
雨旸殷祷请，饥渴重畴咨。
解泽崇朝沛，封章待旦披。
乘乾惟至健，天授作君师。

其五

六典澄纲纪，三年重敕几。
郎官分列宿，大吏畀封圻。
廉法交修慎，贤愚定考微。
书屏邀帝简，绾绶勖民依。
臣节趋朝履，君恩在笥衣。
优优臻上理，端拱仰宸扉。

其六

阅武勤遵祖，行围制率初。
宣劳期熟习，肄业戒生疏。
士气呼鹰里，秋声哨鹿余。
岐阳瞻猎碣，兰塞萃轻车。
铁驷三单合，和门七校胪。
驺虞方应瑞，八表凛威如。

其七

西极声灵暨，恢疆二万逾。
准夷安衽席，回域展舆图。
宛野驹充贡，阗河玉当租。
屯耕开戊己，戎索变膏腴。
葱岭春生谷，花门日耀衢。
九边真靖一，圣化久涵濡。

其八

臣仆联中外，春台万国跻。
大蒙怀德久，四卫向风齐。
群瑞伊绵辑，遐琛扈特赍。
荣观千骑猎，宠析五侯圭。
拱极人随雁，朝天泽望霓。
叩关方络绎，何用一丸泥。

其九

井络肤功奏，绥柔帝允怀。
濯征渠孽翦，戮力八司偕。
豹雾收桃塞，狼烟靖藁街。
威灵嘘喻蜀，碑版陋平淮。
雪栈红旗闪，巴讴凯唱谐。
紫光重绘像，媲美峻勋阶。

其十

畿甸巡方屡，雍熙冠九垓。
长河澜永定，近辅脉深培。
沽上恩波阔，津门化泽该。
北临枢极顺，东觐岳灵陪。
望岱天门辟，瞻云日观开。
阳春蟠析木，一气绕蓬莱。

其十一

西土仁人怙，中州帝祉臻。
台怀腾夏谚，梁汴纪虞巡。
鼎见汾阴宝，书呈洛汭神。
雁门开辇道，牧野转钩陈。
塔显文殊慧，云屯少室春。
漳河连晋豫，望幸有通津。

其十二

两浙三江介，吴根越角分。
六巡绳武恪，五幸省方勤。
阳鸟迎华罩，薰风送景云。
东南重志庆，耕凿倍含欣。
献赋池窥凤，增员士采芹。
恰因时迈岁，寿考作斯文。

其十三

河渎中州乂，机宜禀至尊。
灵祇申默祷，昊贶洽殊恩。
顺轨连荥泽，清澜导孟门。
阴阳和地络，日月正天根。
境奠仪封谧，波萦洛水温。
覃怀新底绩，圣德仰安敦。

其十四

新州升浙右，旧县莅盐官。
轸念柴塘弱，勤求砥柱安。
观潮经再四，捍海计重单。
椿护梅花密，涛嗟铁弩攒。
集鳞横似锦，巩石永如磐。
六郡耕桑利，皇仁渤澥宽。

其十五

御集函今古，光华焕九寰。
和平风雅上，浑噩典谟间。
全韵鸿章括，元音乐府颁。
授时赓月令，怀旧眷天颜。
翰洒龙鸾舞，毫摛星斗攀。
亶聪昭黼黻，典学万几闲。

其十六

评鉴尧思密，朱华滴露妍。
王言息群喙，公案定千年。
衮钺春秋准，纲常日月悬。
贰臣详始末，独行许昭宣。
覆审辽金籍，重修治忽编。
史成垂考镜，万世荷陶甄。

其十七

巍焕光天治，同文六体昭。
国书尊旧典，满篆创熙朝。
蝌蚪真形考，源流睿鉴超。
四声区切纽，三合省烦嚣。
清浊方隅辨，宫商舌齿调。
即今悬度地，重译起歌谣。

其十八

四库敷文治，琳琅万籍包。
搜罗富璆璧，拜献重菁茅。
活字珍常聚，分年手易抄。
渊源崇秘阁，津逮辟滦郊。
虎观簪裾集，鸿都剑佩交。
儒林传盛轨，鼓吹协笙匏。

其十九

士习觇风尚，心声勖俊髦。
文昌开景运，经术被酕膏。
孔孟言能代，归黄识最高。
还淳垂圣训，崇雅饬词曹。
审慎金沙拣，精严玉尺操。
骎骎期复古，千载一时遭。

其二十

蕊榜增开日，抡材盛甲科。
风云蔚龙虎，雨露渥菁莪。
碧澥珠光奋，红珊铁纲罗。
英儒群鼓箧，耆士并联珂。
释褐筇方曳，簪花鬓已皤。
名叨千佛贵，特赐纪恩多。

其二十一

乡举轮挑盛，官材泽孔嘉。
亲民资练达，尚齿抑浮华。
通籍真逾格，弹冠遂起家。
早飞千里舄，多种十年花。
例展常铨滞，恩随试职加。
量能兼秉铎，泮水撷芹芽。

其二十二

首善桥门峻，师儒重表章。
雍宫黄瓦灿，瑞荫古槐苍。
纶綍丰碑峙，彝尊法物将。
皇风翔化宇，边郡创胶庠。
滦水文澜汇，兴桓教泽滂。
弦歌逾万里，乐育到敦煌。

其二十三

承恩朝正朔,献岁纪由庚。
一叶蓂阶吐,千官鹭序盈。
共跻仁寿宇,遍赐太和羹。
元会三辰叙,熙春六合生。
雪融欢喜色,风动吉祥声。
湛露铭天贶,年年拜宠荣。

其二十四

丹诏元辰布,恩纶贲阙廷。
十行传焕汗,九有庆流馨。
腾纸宣薇省,衔竿矗凤翎。
乾坤同造福,风雨协从星。
方望通群祀,怀柔妥百灵。
金瓯宏乐利,沐浴遍沧溟。

其二十五

尺咫云霄近,群僚叠迹登。
头衔邀宠给,腰绶勖钦承。
轶格新阶转,殊荣峻级增。
芝泥双凤綍,鸾轴五花绫。
更荷微瑕弃,还教旧任膺。
官常逾感奋,中外励冰兢。

其二十六

率土丰穰候，恩施更叠稠。
轮年敷闿泽，分省戴鸿庥。
元气觇全盛，皇仁感至优。
阜财多稼日，藏富大田秋。
输挽千仓溢，东南万舸留。
腾欢非一度，巽命两三周。

其二十七

仙仗金鸡立，祥星贯索临。
悬书从下服，革面动真忱。
君福皆民福，天心是帝心。
包容慈宇大，矜宥湛恩深。
泽更宏汤网，歌还谱舜琴。
要知温肃际，肆赦本惟钦。

其二十八

引户绥黄耇，颐年圣泽覃。
升平重耆旧，大化饫和甘。
国老庠规肃，乡宾礼教谙。
象星更数五，应月让成三。
黄绢千端赉，香粳万斛担。
扶鸠歌击壤，鹤发拥鬒鬓。

其二十九

藩服梯航远，山庄羽卫严。
来同纷玉帛，肆觐接堂廉。
福海千川汇，仙筹万国添。
迦陵预王会，龙藏达邮签。
宝马驮经至，天花拱阙拈。
寿齐无量佛，膜拜圣人瞻。

其三十

南极星躔丙，西成乐奏咸。
九重繁祃衍，四世寿觞衔。
景祚申苍昊，蕃厘巩岱岩。
寰区衢祝盛，亿兆蚁忱缄。
戴德臣多幸，依光志倍諴。
尧阶同舞蹈，珥笔进瑶函。

卷四 诗三十一首

恭和御制题袖珍书元韵

时迈观民励守臣,缥囊犹挈案头珍。
百城岂必千层列,四部居然一几陈。
行处惜阴分与寸,几余念学日当旬。
鲁鱼每奉如神照,雠校群惭近墨宾。

恭和御制重华宫茶宴内廷大臣翰林等题快雪堂帖联句并成二律元韵

一冬三白早征符,快雪堂开集彦儒。
排帖讵惟珍枣石,凝琼真足比琳腴。
因之游艺文为盛,借以占丰帝曰俞。
时玉似知题榜义,至诚感召若斯夫。

协风三日应旋宫,恩许分笺左个东。
茶捧琼浆沾泽渥,雪盈玉亩庆民同。
珉镌订自原兼委,墨迹题经首至终。
总为劭农心独切,每于翰墨寓深衷。

辛丑春帖子词

气转春含纽,阳回物悉新。
贞元交衍策,益算万千轮。

辛逢八谷晨祈谷①,甲启三元春统元②。
木德兆荣金兆稔,歌豳人共乐田园。

东风和煦向西来,绣甸先看辇路开。
云现吉祥花称意,大千世界总春台③。

---

① 原刻此处注云:开韶八日逢辛,祈年定征大有。
② 原刻此处注云:元旦一旬后立春,日干皆适逢甲。
③ 原刻此处注云:仲春圣驾西巡,临幸五台,广布福缘,普跻仁寿,万民实增忭庆。

恭和御制春仲经筵元韵

文华讲席叨初侍，彩袖相随曳广裾。
示教渊含乾道秘，阐微妙契《鲁论》书①。
一心应矩符天则，四德同元协帝居。
敬听平生会未得，发蒙何幸获雕予。

恭和御制经筵毕文渊阁赐茶作元韵

东壁藏书开杰阁，春风几度岁华移。
从心共仰心源合，编目常惭目力迟。
万卷琳琅成有待，九天雨露示无私。
感擎茗碗甘膏渥，分寸阴求不负期。

---

① 原刻此处注云：御论以"忠恕"二字发明"絜矩"，以"时行物生"发明"乾德"，皆《论语》中之言，而实为从来注疏家所未见及。

恭和御制赋得王良登车得心字元韵

艺事妙因心,通乎见道深。
良会推善御,充遂借垂箴。
不贯遇羞诡,其驰句矢吟。
两骖行且止,九轨古犹今。

馨控工调马,腾骧擅逐禽。
挽车双辙合,就范下驽骎。
驭世功相埒,驯民理熟寻。
从风钦大化,耕凿万方任。

恭和御制赋得不逾矩得夫字元韵

圣心原矩合,至德不闲逾。
准度裁贤士,求端叩鄙夫。
法能齐曲直,道弗离斯须。
志学培根柢,循墙协步趋。

因方司以契,作则止于符。
圭角融无迹,环中得讵诬。
絜量规郅治,植立勉群儒。
帝范崇谦谨,精言勖省吾。

恭和御制赋得瑾瑜匿瑕得差字元韵

守身同执玉,鉴物不攻瑕。
但与磨砻就,宁惟指摘加。
连城如可宝,一眚讵全差。
德有容斯大,材因笃始嘉。

截肪原莫掩,献璞未须嗟。
匪以观人恕,徒为责己遮。
微尘应绝点,完璧庶非夸。
睿制蒙昭示,躬修凛去邪。

恭和御制十二月十二日雪元韵

一从应念霈甘雪,匝月三番夜达晨①。

---

① 原刻此处注云:十一月十二日,圣驾将诣,时应宫祈雪,先夕即见霏微,次日沾洒益密,逮今得雪已及三次,皆由念切民依感召,始如是之速也。

似雨依旬知有候,不风铺地望无垠①。
盈肩培树趋园户,照眼环畴庆野民。
总为辛斋虔岁首,早征丰瑞报先春②。

壬寅春帖子词

腊足三番雪,春先十日风。
结寒成玉积,迎暖作膏融。

三元日肇致斋三,首重祈年吁泽覃。
益信九重先稼穑,故应六宇乐和甘。

同民五福自天敷,用五新开元会图。
年月日皆壬养叶,旋宫一气应昌符。③

---

① 原刻此处注云:三次雪后皆不作风,入土甘滋,更为周遍。
② 原刻此处注云:向年行祈谷礼,凡遇上辛在正月初五日以内者,皆于次辛举行。今奉旨,以明年正月上辛在初四日,即于元旦致斋,而御殿受贺礼移于初五日。敬天勤民,实为千古所未有。宜见祥霙屡告,以应三秋丰稔之占。
③ 原刻此处注云:岁纪壬寅,月干适合。而正月初五日御殿受庆贺礼,亦值壬寅。年、月、日一气相应,百昌壬养,春泽弥滋。

奉敕题王翚雪江图

长江图万里，大半写烟波。
谁借冰花照，真成玉鉴磨。
神工开石谷，名迹继宣和。①
仿佛疑归棹，云帆一叶过。

盼雪雪频应，披图图果真。
顿教忘粉墨，只见倍精神。
景为占丰好，题因报瑞新。
岂徒珍画史，仍是重农民。

恭和御制重华宫茶宴内廷大臣翰林等咏七十二候联句并成二律元韵

分章按候曩胪篇，应节重吟列席连。
籥启三阳迎岁合，琯调十日报春前。

---

① 原刻此处注云：石渠宝笈有宋宣和《雪江归棹图》。

泰交共庆因时运，巽顺长征得气全。
行健直同天不息，敕几凝命仰乘乾。

递嬗贞元亿万斯，枢衡运本德为基。
雨风应候咸调也，笺疏沿讹特辟之。
继咏无非熙绩念，赓歌群奉抚辰思。
昆虫草木鸿钧育，万物欣欣各自私。

奉敕题萧云从山水长卷

人去百年后，名彰一日初。
遗编登四库，故事写三闾。
妙与龙眠并，残疑蠹蚀余。
诏重为补绘，图始得完书。
墨迹流传少，尘踪遇合疏。
枌榆承帝问，烟月近臣居。
旧有缃囊贮，爰陈玉案舒。
村墟盈纸拓，丘壑尽情摅。
窃欲将军比，会期待诏如。
品题留不朽，献纳望非虚①。

---

① 原刻此处注云：云从自识有"田野中人无缘献纳"之语。

昔谓终田野，今欣列石渠。
技长犹必录，奖劝况材储。

恭和御制仲春经筵有述元韵

日孜孜统万年春，典举经筵岁必循。
舜知尧仁兼立极，乐天寿世普同民。
感通已遍群黎德，黜陟先端百尔身。
体用一源心一贯，道传古圣圣诠真。

恭和御制经筵毕文渊阁赐宴以四库全书第一部告成庋阁内用幸翰林院例得近体四律首章即叠去岁诗韵元韵

东壁藜光罗四库，分抄合辑十年移。
琅函始见排签毕，香案欣依听漏迟。
伊古图书今极盛，自天雨露物无私。
文源文溯文津峙，告蕆还应勉赴期。

三万六千册富哉，咸经一一睿评来。
鲁鱼虚虎钦神照，学海词源仰洞该。

乙夜勤犹怀逊志，万几暇更策群材。
诸臣校勘方惭钝，华宴何期列席陪。

恩承湛湛露斯歌，广乐琼筵绕阁罗。
稽古殊荣谁似此，集贤故事莫论他。
果然六籍笙簧也，岂止群言沥液么。
郁郁乎文由化洽，礼明乐备应休和。

头衔进更骈珍锡，异数真非意计筹。
虽甲乙分皆逮矣①，以文章报可能不。
例循四律韶韺备，宴踵三厅日月悠。
四十年中恩雨沛，木天佳话庆长留。

恭和御制耕耤禾词元韵

东菑台笠敢疏慵，典举三推仰恪恭。
齐祝万年天子寿，庆为百世太平农。
岁符任养福延洪，春后琼膏大地融。
行健法天天与健，古稀齿德圣兼崇。

---

① 原刻此处注云：书成奉旨议叙，在馆诸臣虽分别等第，而宴赏所逮，普沐恩膏。

绿郊深墢土新治，玉趾亲临泽倍滋。
四十七年如一日，劳之何事不先之。
班列东西推五九，习劳抡少礼仪陈。
老臣既感还兼愧，耕不教从帝独亲①。

冠缨箬笠灿交呈，健步君王率众行。
自此三农逾不惰，子承父诫弟承兄。
从来遍德民之质，逊不如农尚曰吾②。
勤政讵同勤亩易，作君兼仰作师儒。

---

① 原刻此处注云：是日从耕之三王九卿，凡年在七旬外者，皆蒙圣恩优恤，不令将事。诸臣既深感激而仰见玉趾亲临推犁健步，靡不愧筋力之弗如也。

② 原刻此处注云：恭读御制元韵，有"汝耕异此实惭之"之句，仰见轸念民依于亲耕力穑之时，犹广推己及人之念，而我皇上经世之大，犹勤劳有万倍于农者。法健乘乾，皇心广运，实与孔子告樊迟之旨心源默契也。

卷五　诗五十四首

癸卯春帖子词

三朝迎彩仗，八谷诣圆坛。
冬雪丰先告，春台众共欢。

开韶宴赉普银潢，合二千人湛露瀼。
百世本支春有喜，万年天子寿无疆。

留都辑瑞巡逢四，杰阁观文书贮全。
义取周诗怀溯涧，化从镐宅及敷天。

恭和御制重华宫茶宴廷臣及
内廷翰林等职官表联句复成二什元韵

百僚跄济勉师师，奉职难筹拜献资。
时亮天功钦广运，日求民瘼尚垂谘。
云编火纪详其制，鹄立鹓行慎乃司。
湛露瀼瀼沾既渥，顾名应以义为思。

曾闻论定后当官，昭代垂谟永不刊。
效职敢忘箴是凛，知人犹复帝云难。
岁欣仙茗邀分饮，日幸天厨获授餐。
庆入新韶赓接席，拜恩同感九重宽。

恭和御制正月十日乾清宫普宴宗室得句志喜十韵元韵

六朝积累启祥缘，锡宴迎韶十世全。
瓜瓞福绵春有喜，堂阶序列礼谁愆。
亲亲为大仁其笃，圣圣相承德乃延。
颁以禄还加以爵，授之几更肆之筵。
王公而下品三四，子姓自今系亿千。
美在兹乎胥睦矣，观于此者倍油然。
公忠曾恤旧勋后，绳继犹怀创业先。
普洽云礽近及远，备承筐篚齿兼贤。
例恢敦叙恩逾渥，荣觐乾清化益宣。
盛典微臣欣际遇，万年天子古稀年。

恭和御制题王翚雪江图元韵

四十七年恒若此,劭农望岁圣人旨。
每逢春及盼雨濡,未到冬深祈雪委。
今年滕六尤应节①,一气潜通感召理。
瑞色方凝扣砌旁,欢声早动茅檐里。
景真如画画难真,神品欣披石谷子。
古来长江图不乏,缀以雪景者谁氏。
宣和御墨写归棹②,后六百年成对峙。
试看万里之银涛,玉笏参差势斜迤。
悬泉遥带屑霏霏,乱石都含白齿齿。
帆色朗如载月舟,花光印以登山屐。
层楼杰阁影自寒,云冻松僵风不起。
直将一片冰雪胸,生面从教开笔垒。
岂徒设色抵琼瑶,中寓丰年乐田里。
即今两候贡时珍,先为三农兆岁美。
是图是景恰相逢,睿赏长言良有以。
西清快读夜未央,犹有洒窗声在耳。

---

① 原刻此处注云:小雪、大雪两节,均获瑞霙应候而降。
② 原刻此处注云:石渠宝笈有宋宣和《雪江归棹图》。

奉敕题元榻石鼓文四首

籀书周代斯文重，石本元时拓手工。
法物昔摹从国学，长歌久沕弄宸宫。
得兹拓较古犹古，核以字分同不同。
三百十多四十六，珠联璧合宝光融。

鸾翔凤翥势纵横，笃好何人什袭精。
疑是王孙音释定，却依薛氏序排成。
墨逢淡处犹留印，诗尽书来不署名。
玉箸冰斯盈册尾，代传杰作列分明。

聚讼由来各训音，偏旁点画误讹深。
蚀如岣嵝原难辨，神比虬螭未可寻。
欲读徒嗟钳在口，阙疑真以镜为心。
从今一洗纷纭论，讵必无弦不是琴。

一椟中藏双猎碣，九重高咏两诗篇。
古今体备标其首，新旧珍储合以传。
格律韩潮苏海上，光芒赵宋李唐前。
艺林稽考添佳话，题出宸章快睹先。

恭和御制春仲经筵元韵

岁启讲筵春仲月,健如不息四时行。
学勤漏自移铜史,几暇情惟近墨卿。
参覆载由通覆载,亶聪明弗作聪明。
物成民乂臣钦若,大化无非动以诚。

恭和御制经筵毕文渊阁赐茶复得诗一首元韵

四库层排势岌峨,酉山大小较如何。
中垣秀启中天盛,七部文成七曜罗[1]。
御苑陪京同焕采,三江两浙亦分波。
鲁鱼每重儒臣愧,乙夜勤披叠指讹。

---

[1] 原刻此处注云:《四库全书》初奉旨缮写四部,分贮文渊、文溯、文源、文津四阁。昨秋又奉恩旨,再缮三部,分贮江浙之文汇、文宗、文澜三阁,计共七部,适符七曜之数,洵为宇宙大文,炳辉千古者也。

恭和御制赋得方圆随规矩得先字元韵

器也存乎道,珪方与璧圆。
中规还中矩,因地更因天。
具体谁逾此,良工讵舍旃。
四隅廉以折,一气浑而全。
自有钧陶在,无忧枘凿然。
觚分棱划削,轮转序推迁。
观象形斯得,从心智乃专。
宸躬昭律度,万物曲成先。

奉敕题赵孟坚落水兰亭

稧帖珍从定武传,彝斋秘幸右文宣。
璧完落水留真面,浦似还珠溯旧缘。
锦袭乌台遗绪夙[①],源寻白石逮津先。

---

① 原刻此处注云:此帖始为乌台卢提点家藏,嘉泰间归之姜夔。

卑之百本虞卿蓄①，附以三题季木延②。

干办赏偿半万券，王孙赏惬卅余年。

迹追玉鉴欣重遇，谋托沙门感独偏③。

雪岸帆回风不戒，升山楗抱瓦方全④。

右军书有神呵护，承旨题分体劲圆。

唐宋元明分辗转，孙⑤高⑥王⑦蒋⑧递流迁。

一登宝笈邀同玩，况选良工妙特镌。

五字由今垂笔阵，四章超古丽星躔。

行间玉润松花碧，八柱相辉墨采鲜。

---

① 原刻此处注云：赵孟坚尝称沈虞卿蓄《兰亭》百余本，皆以斫损五字为验，今此帖五字未损，迥非虞卿藏本所及。

② 原刻此处注云：帖后有姜夔二跋，萧沆一跋。沆字季木，此帖盖由姜归于萧也。

③ 原刻此处注云：萧氏得此帖二十年归于俞玉鉴家，后又归于高干办，赵孟坚乃托满师以半万券易之。跋末有"首尾三十三年，心好目玩，终获为我物"云云。

④ 原刻此处注云：孟坚自雪城言，归舟过升山，风厉帆坏，犹抱帖出浅水中。

⑤ 原刻此处注云：承泽。

⑥ 原刻此处注云：士奇。

⑦ 原刻此处注云：鸿绪。

⑧ 原刻此处注云：溥。

应制赋得仙露明珠得秋字

李唐传圣教,妙喻表缁流。
仙骨宁常有,明心孰与侔。
露华霄汉晓,珠采海天秋。
高胜金茎浥,灵殊象罔求。
涵虚清气化,通慧远光浮。
沆瀣三焦沃,牟尼一串收。
真从空外得,不向暗中投。
沾被胥恩泽,咸归睿照周。

恭和御制十二月廿五日复雪元韵

霏洒先春廿日风,再看层积玉霙同。
两番入腊真称瑞,三白开正已告丰①。
寒勒林枝梅蕊结,暖迎畦路麦根融。

---

① 原刻此处注云:甲辰正月,九宫三白落地,早兆登丰之庆。

龙公亦解输诚切，盈尺如期答圣衷①。

恭和御制重华宫茶宴廷臣及内廷翰林等五经萃室联句复成二什元韵

新韶初启斗杓旋，又幸赓吟近绮筵。
茶捧三清香静挹，经联五纬训昭宣。
观文化洽敷天庆，应运珍符异代缘。
但使丰城双剑合，何妨辗转岁时迁。

煌焕天题破众论，忠褒启后得贤孙。
缥缃什袭因偕贮，梨枣重刊俾永存。
庑接昭仁连屋架，地分俭德一楹轩。
安排亦寓经纶意，治道旁通仰法言。

---

① 原刻此处注云：十二月廿二日雪，御制诗有"惟期盈尺积"之句。

甲辰春帖子词

荸甲物昌昌，资生木德长。
明朝上元节①，灯火迓韶光。

锡宴重华翰墨林，五经萃室句联吟。
菑畬敢不遵彝训，重道崇文体圣心。

翠华临处渥恩新，江甸欢迎帝六巡。
观海观河亲相度，圣人法祖在安民。

恭和御制题林逋诗帖卷五叠前韵元韵

两迹六经宸翰题，逋仙有知感心曲。
时巡况屡挈之行，墨光恰泛西湖绿。
春波流润春藻横，合比延津价如玉。
我皇重书重其人，匪独扬清更砭俗。

---

① 原刻此处注云：立春在上元前一日。

故知高风与亮节，零落不作烧残烛。
此册此卷今愈彰，东坡石田意亦足。
由来善相异凡眼，惟取精神略皮肉。
当时赏者并以传，一一咸邀姓名录。
钧音喤喤镇群响，九霄快听轩羲曲。
古稀天子豫且康，册卷兼挥斑管竹。
孤山梅早献新香，益寿愿效南阳菊。

恭和御制命彭元瑞曹文埴检四库全书古来见元孙者有几据奏自唐迄明凡六人诗以志事元韵

高元四库录家珍，由搢绅推草莽臣。
唐以来皆为仅事，隋之前未载其人。
皇躬德备福斯备，国庆今臻古莫臻。
信到江南颜有喜，欢呼先动近光民。

圣驾六巡江浙恭纪春台词三十首

谨序

臣闻健行不息,法天本于敬天;相协厥居,育物原于体物。矧保障堤防之大,勤逾禹绩之八年;平成封浚之麻,典重虞巡之五载。在屡省乃成之日,益征久道化成;于不言所利之中,弥见推行尽利。斯固百尔莫效其赞襄,而万姓难形诸赞颂者也。

钦惟我皇上,体元懋建,敛福覃敷,承重熙累洽之贻,裕长治久安之道,胥垓埏为大一统,丕昌坤维。况吴会乃古扬州,尤殷乾顾。受祜由于绳武,展义所以勤民。抚凤纪之五辰,整龙斿而六幸。大慰就瞻之众,愿遍输愉忭之舆。

诚令布上春辰诹吉旦,指东邦而涂循出震,祠先圣而期展用丁,三湖之淤垫全消,千里之伏流载考。于是扬銮河渚,飞斾淮壖。睿虑綦详,朕公告蒇。木龙移设,排泥滓以云驱;石楗频增,护田庐而栉比。陶庄势邑,清口流舒,以及彭城之岸。俯桃花高堰之波,恬竹箭爽;垾咸山之邑,曲巷烟新。扃封五闸之泉,下游禾熟;屡荷九重之指,画长资亿兆之乂安。若夫后海先河,自吴及越,鲸波载戢,稳赴中霤,鲲鳌无惊,渐循北岸。乃廑束薪之利用,未若甃石之巩坚。塘外拥乎重门,堤内环夫一带。沙横铁板,桩建梅花。老盐仓至范公塘,鱼鳞叠叠；海昌城抵临安郡，凤翼差差。聆巽命之重申，发帑金而大沛；澜安志庆，惟有司敬尔。在公神助，贻庥皆圣主。所其无逸，此省方巨典，视昔有加；而布惠群生，于斯为盛也。至于层楼金碧霞蔚，南邦四库琳琅星分。东壁庋贮，则官为之守；香芸散馥于江山，传钞则家有其书。玉楮流辉于陬溎，洵嘉惠艺林之懋，举尤流传秘册之盛心。况夫入疆之初，十行诏下，因民而利，万户仓盈。免正供以十之三，逭积欠则万至亿。计公田之代，纳豀嬴数，以毋征而且献赋。遴画省之材，学僮广黉宫之秀优；耆年而拜赐，纾商力而推恩。下至缧绁桁杨，咸沐好生之德。凡属肖翘蠕动，均蒙在宥之仁。夫东南为财赋之名区，大小禀法廉之懿训，惟兹疆吏，宣酘化以无愆。及尔戎行，练烝徒而互卫。莫不溥邀渥泽，深荷隆施。玉辂所经，湛恩倍广。闰占桐叶，春添百二芳辰；瑞兆麦岐，里记三千绣壤。宸章奎藻大江，舒云汉之光。巷舞衢歌，夹道献嵩华之颂。详凿齿雕题以就觐合，扶藜骖筱而胪欢时。则喜报邮章，祥呈行幄。衍天潢之五世，兆国庆之万年。诏检秘函，古不乏期颐耄耋人征奇瑞，近只传唐宋元明盛事，仅得六人。禔福实隆千载。

盖我皇上爱民滋笃，上通帝祉之原；问俗维勤，恰觐繁禧之畀。此即尧民献颂，三祝徒工；周雅摛词，九如悉备。从未有七旬圣主，五叶文孙，如今日之盛者也。臣幸隶江乡，叨趋禁闼，虽未随属车之后鼓吹休明，窃愿于旋跸之辰编胪事实，用纪春台之乐，附诸夏谚之诚，敬制里词，恭呈睿览，臣不胜欢忭欣幸之至。其词曰：

其一

昌辰熙洽五逢辰，欢动东南望幸民。

须识古稀天子寿，六巡健正似初巡。

其二

旌旆悠悠出凤城，雪塍染绿绘新晴。

恩光所照畿封早，万骑无声但颂声。

其三

辟廱经始典斯崇，洙泗心源圣圣同。

乂释明心丁乃吉①，心传亲证素王宫。

其四

济流三伏识清河，郦李纷纷辨证讹。

惟圣阐经标八语，不求甚解付其他②。

其五

排淤挑溜攫之而，倒漾无虞架渐移。

九十丈开烟水阔，黄流都作绿差差。

其六

淮水清兮力刷黄，三朝营建重堤防。

试看闸口银涛畅，六度恩波亿载长。

---

① 原刻此处注云：癸卯仲春，丁祭。御制诗云："象心承丙前贤注，内圣外王后世型。"盖采《说文》"丁承丙，象人心"之说，而推之于明明德即明心，义谛精深，真发前人所未发。

② 原刻此处注云：御制《济水考》以《禹贡》"导沇为济，至会汶入海"八语为宗，详加考证，凡济之源委，伏见一一，了如指掌。以圣证圣即以经注经。至郦道元、李濂辈。徒尊耳食，口舌纷然，诚如圣制所云，宜付之不求甚解也。

其七

周庄迤逦达韩山，白石弯如玉玦环。
不数黄楼旗五丈，霓旌高拂五云间。

其八

戚山烟树旧成村，阛阓新看拥县门。
蕞尔邑承恩浩大，丰年长此乐鸡豚。

其九

三亹辣峙必趋中，万里波臣弭节同。
竹篓柴堤资捍卫，何如凿石亘长虹。

其十

盐官城外塔山高，近接尖山撼海涛。
纤跸畴咨颜有喜，乐民之乐自忘劳。

其十一

锄锸欢呼不日成，帝心犹自切经营。
范公堤上云连起，片片鱼鳞相次生。

其十二

珠宫高下碧芙蓉，玉带山门溯旧踪。
那及图书新作镇，百川学海尽朝宗。

其十三

璧彩珠光聚广陵，伫颁琼笈架层层。
汇之时义群言富，浟沥如川莫不增。

其十四

西湖卅里镜奁宽，册府奎光七宝阑。
共喜有文兼有美，益知观水必观澜。

其十五

陈逋百万予恩蠲，正赋仍宽大有年。
宜稻地偏多黍稌，拜君王赐大如天。

其十六

雁户奇零旧代偿，公田赋纳岁丰穰。
何期余粒从今免，分给千仓与万箱。

其十七

给札亲遴赋手工，因题寓教义无穷。
立身须以道为器，致用惟期和不同①。

其十八

乡学祁祁大小中，额增髦士沐皇风。
作人旷典沿为例，六见芹添泮水宫。

其十九

寿宇熙和菲禄骈，普邀粟帛赉高年。
更传期羡膺华秩②，岂独松乔户口编。

其二十

屡宽商力计方饶，叠布鸿恩叠共邀。
藏富何妨同继富，雨膏融昼露涵宵。

---

① 原刻此处注云：御试浙江士子赋题"礼义为器"，御试江南士子赋题"士伸知己，以君子而不同为韵"，仰见命题深意，垂教无穷。

② 原刻此处注云：本年甲辰科会试未经中式举子内，有年九十者一名，八十以上者二十名，七十以上者五名，奉旨赏给京衔，以示引年劝学、嘉惠士林之至意。熙朝人瑞，旷典恩荣，盖往牒所未见也。

其二十一

禹下车应勉自新，汤开网更覆深仁。

再生识得耕桑计，圜土无非乐土人。

其二十二

大臣法乃小臣廉，澄叙官方泽普沾。

絜矩毋苛承圣训，还淳俗自遍绚檐。

其二十三

桓桓劲旅镇名区，骑射精娴赏赉殊。

国语国书敦本切，勿谐越调杂吴歈。

其二十四

山水清音布德音，毋奢供具慰宸襟。

帝赓歌为民风畅，五集新编六叠吟。

其二十五

积闰韶春昼漏迟，江山佳处倍融怡。

日南小国瞻天近，拜舞居然豹尾随。

其二十六

记著南巡治道该，鸿篇星日共昭回。

聪听祖训垂家法，恰有飞章报喜来。

其二十七

高元庆衍瓞绵瓜，四库书惟六姓夸。

遍数臣民犹仅见，于今盛事属皇家[①]。

---

① 原刻此处注云：臣奉谕旨检《四库全书》以耆年见元孙者，自唐迄明仅得六人，兹逢五世一堂，诚为千古希有之瑞。

其二十八

至乐欣愉体至诚，爱民保抱实同情。

圣躬亿万年康健，笑抚云礽庆太平。

其二十九

斗车回更沛恩波，畿辅欢腾乐事多。

旋跸辰刚符启跸[①]，芳时百二总清和。

其三十

两韵惭摹乐府诗，春台民物共熙熙。

七巡吁祝情滋切，更效康衢击壤词。

---

① 原刻此处注云：正月二十一日启跸，四月二十三日旋跸，吉辰皆值丁未。

卷六　诗三十八首

乙巳春帖子词

岁朔悉新启①,春朝已盛符②。
算畴敷凤诏,蓍策衍萝图。

锡宴初正前典溯,临雍仲月圣言宣。
笙簧授几期颐叟,钟鼓圜桥弟子员。

乙奋③申坚④兆有收,新秧昌橛穗垂秋。
协风史告⑤司农种⑥,兼职初番出土牛⑦。

---

① 原刻此处注云:元旦,干在辛。
② 原刻此处注云:立春日,支在巳。
③ 原刻此处注云:立春日,干在乙。
④ 原刻此处注云:申时立春。
⑤ 原刻此处注云:臣忝南书房翰林。
⑥ 原刻此处注云:臣叨贰户部。
⑦ 原刻此处注云:臣蒙恩兼管顺天府府尹。

恭和御制重华宫茶宴廷臣及内廷翰林以千叟宴为题得近体二首元韵

近臣仰识天颜喜,岁宴重华值协风。
较锡耆筵先五日,既联藩部又群工。
人称万寿无疆庆,恩与十年以长同①。
晓旭东厢春更早,欣欣小草向荣衷。

敦叙联吟具迩恩,柏梁拈体又今番②。
三人句例丹毫赐③,万象春归玉琯温。
益寿百余龄老叟④,多男十一世童孙⑤。
信知君福臣民福,总是吾皇用锡存。

---

① 原刻此处注云:臣工年过六十者,始得预千叟宴。臣年方五十有一,仰荷天恩,照一品大臣颁赏。逾格隆施,实深荣感。

② 原刻此处注云:乾隆十一年,恩宴宗室,用《柏梁》体联句。今千叟宴,亦仿前例,共成百韵。

③ 原刻此处注云:敦叙殿联句,皆上所赐作,兹预宴之郡王品级。贝勒允祁、裕亲王广禄、散秩大臣弘晸三人,亦依例乞上赐句。

④ 原刻此处注云:臣工预千叟宴者共三千人,内赐国子监司业衔郭锺岳,年至一百五岁。

⑤ 原刻此处注云:我朝重熙累洽,庆逮云仍。皇上得五代元孙,实希有之盛事。复命宗人府恭查太祖高皇帝长子褚英一支,得奉字派二人,已历十一世,炽昌繁衍,前古所无。

恭和御制千叟宴恭依皇祖原韵

松苍柏翠侍阶妍，耆宴重开法祖筵。
岁备全爻符卦象①，策推大衍迈羲年②。
三千数较前恩倍③，九五畴征大德延。
熙洽端由行健得，用敷锡共仰仔肩。

恭和御制赋得循名责实得班字元韵

日万几归睿照间，权衡名与实相关。
椎轮讵事虚车饰，驱马先由执辔闲。
有本盈科因取水，自卑覆篑乃为山。
道明谊正宜追董，摘艳薰香漫诩班。

---

① 原刻此处注云：自圣祖仁皇帝举行千叟宴，逮今六十四年。皇上恩隆再举，纪岁适符卦爻，积算益绵著策。

② 原刻此处注云：盛宴重开，正逢皇上临御五十年。数由大衍推而至于千万策，无疆之庆，远迈羲轩矣。

③ 原刻此处注云：康熙年间，预千叟宴者千三十人。今乃至三千之多，寿世延禧，益征祥洽。

须识崆峒宛委富，欲稽亥豕鲁鱼艰。
砆砄似玉还应辨，萧艾当门定与删。
未许吹竽徒假借，谁如运斸戒悠闲。
仰瞻进退皆陶冶，忝列清华愧厚颜。

恭和御制二月初七日雪元韵

春膏得雪慰农丁，正值临雍玉辂停。
圆水点真符遇璧，文筵映似助研经。
诸儒共洽诗书泽，远陇将闻饼饵馨。
应候征祥诚致感，欢腾茅屋达宸廷。

恭和御制上丁释奠后临新建辟雍讲学得近体四首元韵

化成天下泽宫先，数典居丰宅镐年。
代历元明今备矣，道兼文武制巍然。
爻占井汲符阳象，璧向邱旋映大圆。
观水观文名实副，穹碑仰见圣谟宣。

鸿规兼寓燕诒意，法古犹深泥古虞。

校序庠称名已异，夏商周养老先殊。
记因邹孟宗岐政，说溯邱明辟汉儒。
注疏纷纭归论定，圣由天纵信非诬。

经训菑畬语必详，孔遗姬象论唐唐。
五伦式叙风淳睦，六位时成治炜煌。
笾豆虡申芹藻列，鼓钟环侍鹭鸳行。
古稀天子文思被，礼重从周健体阳。

修明经五百年逢，观听圜桥共肃雍。
秉极乾乾钦帝德，依光穆穆仰天容。
西东南北思咸服，冬夏春秋教敢慵。
自幸昌时亲盛典，惟将夙夜矢寅恭。

恭和御制新正重华宫元韵

岁籥重华六十春，德能基福百祥臻。
皇居尚念青宫旧，天锡惟从紫极申。
五代熙怡开奕叶，八方仁寿遍由旬。
上稽史册稀闻盛，三祝于今语始真。

丙午春帖子词

丙叶寿星见,午符昌运中。
洁斋春入律,兆稔雪吹筒①。

一岁斗杓春再指,孟秋豳籥闰添余,
万千策应无疆算,五十蓍重大衍初。

尧封跸路歌行庆,乡饮笙诗诵补遗。
王道观时知易易,春台登处众熙熙。

恭和御制重华宫茶宴廷臣及内廷翰林用五福五代堂联句复得诗二首元韵

联咏初韶列绮筵,堂成五代吉祥骈。
额题蔚矣倬云汉,记示钦哉体昊元。

---

① 原刻此处注云:立春之日,恭逢皇上祈谷,诣坛斋居。上年冬至躬祀南郊,次日即获祥霙。继复叠征渥被,诚敬所感,兆应丰登,臣民共相称庆。

攸好德惟建有极，用敷福逮万斯年。
周家漫数麟振盛，椒衍瓜绵此日全。

龙楼佳气蔼峥嵘，入腊频闻报积霙。
于耜登秋兆先见，跻堂介景喜逾生。
寿星见丙岁逢丙，物象由庚月值庚。
更幸谷辰占瑞应，当筵霁色午风清。

恭和御制题郎世宁绘准噶尔献马图元韵

渥水西头尽雁宾，岂惟一骑御阶驯。
版章式廓今思服，控驭先几早审因。
天笔旧题还继咏，睿怀抚物更怜人。
披图即可征行健，五十年来德日新。

恭和御制上元后一日小宴廷臣即事得句元韵

需云旬二日韶春,侍从臣兼守土臣。
国庆喜逢余庆衍,年祥定见合祥申。
三多叶祝超千古,五代传编仅六人。
基福延鳌行以健,端由帝德协苍旻。
初沾柑宴荷恩深,京兆司农职两钦。
三让月遵王道治①,四时烛朗圣人心。
兆丰雪厚民占重,告瑞章驰驿使任。
臣隶歆疆桑梓敬,春祺加锡感难禁。

应制题《洛神赋图》

九歌图重龙眠迹,傅会旋云仿洛神。
钤印墨朱虽自宋,署名日月尚标陈。
鉴精详及兹因彼,义引伸兼旧与新。
宝气上腾今合剑,滥觞分注昔寻岷。

---

① 原刻此处注云:本年上元日,奉旨举行乡饮酒礼,臣以兼管府尹职司其事。

虎头堪溯枕中秘，鼎足无非席上珍。
即小恢之咸寓大，道先去伪始存真。

恭和御制春仲经筵元韵

圣主德隅民是则，抑斋记久幸传观。
又逢典学开文席，特命陈诗谱乐官①。
评定赐回仁知异，政权府事叙歌难。
管弦始播班联肃，总荷钧陶化育宽。

恭和御制经筵毕文渊阁赐茶有作元韵

重华锡宴甫擎茶，延阁还邀异数加。
蔚矣文敷天地秘，渊乎义蕴古今赊。
百川尽赴朝宗盛，四库亲评亥豕差。
典学孜孜勤乙览，测蠡臣愧望洋嗟。

---

① 原刻此处注云：经筵礼毕，向邀锡宴。今蒙皇上以抑戒之诗，按诸宫商，播之弦管，令乐工于锡宴时歌之。既钦健德之崇，益感教思之厚。

恭和御制六月初六日夜雨元韵

春夏南天庆得霖，应时开霁应时阴。
稻香麦实皇华路①，锄月蓑烟圣主心。
忽捧宸章知喜雨，更欣渥泽不愁霪。
登丰已见随车瑞，省岁由来帝念惔②。

恭和御制六月初九日雨元韵

游豫先征乐事多，山云松雨簌卷阿。
晓签宵漏宫壶永，密线疏丝野色和。
期应三朝原及隰，泽均四寸黍兼禾③。
遥知农庆兴桓道，齿稚欢声并发皤。

---

① 原刻此处注云：臣奉命来浙，自仲春逮兹季夏，频庆甘雨应时，麦秋既见登丰，稻苗又征繁茂。

② 原刻此处注云：兴桓一带，正当待泽。圣驾于六月初五日临莅山庄，即得微雨；初六日，更庆优沾，大田禾黍蔚兴，西成有象，皆由我皇上念切民依，方获此佳征协应也。

③ 原刻此处注云：初六日既雨，越三日又复继沾，前后均入土四寸，渥泽调匀，占秋叶庆。

恭和御制六月十二日雨元韵

不嫌晴后雨，亦可雨余晴。
却庆今年意，非同去岁情。
近疆频酌剂，睿虑独权衡①。
感召征时若，膏敷四海氓。

恭和御制六月十三日喜晴元韵

一岁阴晴日，廑心十二辰。
既沾须既足，愁缓又愁频。
峰放清姿润，苗怀绿意新。
天颜瞻有喜，每先力田人。

---

① 原刻此处注云：上年湖北、安徽、江浙被旱，皇上于蠲赈之外，复命四川、江西备米通商，俾邻省咸资接济，民食不致有缺。乙夜勤求，所以为编氓计者，无微不至。今年各省雨旸时若，实仁政之感召庥和也。

恭和御制留京王大臣奏报京畿晴雨时若诗以志慰元韵

亭堠三千浙水遥，星轺俄阅百三朝①。
仓箱臣职关畿辅②，旸雨天心答旰宵。
七日邮传垂笔露③，五章盥读沃心苗。
归途定有丰盈象，报赛村农社鼓招。

丁未春帖子词

大盛启祥丁，文明烛帝廷。
春闱龙虎榜，光彻紫微星。

---

① 原刻此处注云：臣于二月十八日自京师起程，及今六月二十日，凡四阅月有余。

② 原刻此处注云：臣蒙恩兼摄京尹，畿辅晴雨应时，臣尤为感跃欢忭。

③ 原刻此处注云：六月二十日，奉到十三日殊批臣等奏折，垂示热河京畿晴雨日期，并命臣恭和御制诗五章。天恩优渥，不啻甘膏之润；小草感激，尤非言罄。

熙春九寓被恩宽，翠跸经过万姓欢。
指日酞膏畿甸满，争迎銮辂幸田盘。

东风浩荡敞瀛寰，淑气先融彩仗间。
臣职兼司京兆尹，年年拜舞进春山。

恭和御制重华宫茶宴以
开国方略集成为题联句并成二什元韵

宝帙前光入睿吟，载赓同庆彩毫簪。
于今土宇绥怀远，在昔经纶缔构深。
迁镐作丰谋以翼，栉风沐雨念惟钦。
卷分卅二胪勋绩，来许昭兹九有临。

神机渊度孰能量，匪独兵强德亦强。
惟上帝临观有赫，得天下正位当阳。
圣承圣益规模大，心印心尤继述覈。
行健法天兼法祖，万斯年颂治堂皇。

恭和御制上元后一日小宴廷臣元韵

岁祝田蚕富粟丝，圣心怡为兆民怡。
敷春早布元正诏，开国先联翼日诗①。
文宴每含咨儆意，吟怀多系雨旸时。
即看卜昼酬灯节，何事非关久大规。

一日和风周八极，金鸡肆赦六千囚②。
应知宽大应争格，自外生成自取忧。
雷露皆殷宵旰念，鼠狐空负窜逃羞③。
九重感召先征瑞，玉映琼筵雪尚留。

---

① 原刻此处注云：正月初二日，重华宫茶宴，以《开国方略》书成联句。

② 原刻此处注云：新正恩谕刑部，将直省缓决各犯六千余人分别减等。

③ 原刻此处注云：直隶逸犯段文经、台湾贼匪林爽文等，现在侦缉剿捕，不日即可就获。

恭和御制题文彭刻陋室铭章元韵

匪徒铁画赏无痕,意寓铭辞荷圣言。
片善寸长天必录,何嫌门巷不容轩。

恭和御制曹文埴养亲归里因赐之什元韵

圣人教孝侍萱闱,宠锡诗篇拜捧归。
乌鸟颐亲林下养,驽骀恋主仗前依。
春晖长耀四言额,文绮新颁百岁衣。
望阙日怀恩露重,天颜咫尺那曾违。

卷七　诗十一首

恭和御制八月初三日夜雨六韵元韵

回跸时旸若，嵩呼遍道周。
正宜十日雨，恰值大田秋。
黍稌登丰告，京垓献颂稠。
帝惟加泽渥，天合应膏流。
彻彩钦崇俭，携锄感利耰。
八征宵旰念，亿载自蒙庥。

皇上御极六十年万庆诗十章

谨序

臣闻天皇得统瑶编，书万祀之长；轩后执圜玉券，积百龄之裕。少昊在位八十余载，凤纪凝庥；太戊享国七十五年，龙旂袭庆。体仁协寿，征好德于康宁；作善储祥，衍至诚而悠久。总本敦庞，纯固际元，会运世之隆，斯能笃实辉光，跻兆秭京垓之算。

钦惟我皇上，乾行合撰，泰运凝禧，治协大同，化成久道。念征镌宝，登上瑞于用成、用明、用章、用康；德大宜民，集庆基于得位、得禄、得名、得寿。在昔辰躔星舍，恭遇龙飞紫极之祥；于今卯冒天垣，适符虹贯瑶光之载。不息之神刚健，岳固溟宽；太平之日舒长，皇春帝夏。大年篝晋八旬，更益五龄；景福环循六甲，初轮一次。载考三王以后，每建两字之元；遍繙简册于旧闻，畴克干支而全备。洪惟盛朝，笃承昊眷，钦若圣祖，丕阐皇猷。乃于五三以来，特绵六十之数。后圣揆同，而前光迪孙，谋诒永而祖武绳。含饴眷顾于初冲，主鬯钦承于未壮。宵衣旰食，心绍庭而堂作纪恩；日升月恒，事操券而阁真符望。

天五数，地五数，阅十二次而甲子全；乾六爻，坤六爻，积万千策而权舆起。欣值延洪之宝祚，益钦广运之渊，衷大可为化，不可为义精仁熟。皇建极，会其有极；治定功成敕命，则惟时惟几。敷言而是彝是训，推之东西南北而准，莫不率从。溯夫虞夏商周以还，于斯为盛，圣有容、有执、有敬、有别；括《中庸》三十一章，帝乃圣、乃神、乃武、乃文。陋封禅七十二代，犹复冲怀益悊，谦德逾光，屏颂祝之弥文，锡便蕃之实惠，先庚布令，周甲迎祥。珊网宏开，喜动子衿之士；琼林叠宴，荣沾亥字之仙。霈湛露于中秋，转漕特蠲七省；翖春风于改岁，度支豫借半年。宿负全除，新恩普被。读九乾之诏谕，焕乎云缦星辉；听万户之讴歌，允矣风行霱忭。臣服官禁，近奉母江乡。萱沾宠锡而逾荣，葵向德晖而益恋。伏见握符盈六位，实为亘古所希施；泽遍八纮，尤属生民未有。精神所其无逸，典礼睹其会通。文治光昌，轶羲观文，尧焕文而上；武功震叠，迈殷昭武，周扬武之前。勤政则兢业万几，提纲挈领；贻庥则本支百世，骈叶联枝。洪贶叠膺，总集瑞命，远人向慕，莫不尊亲。富有悉本，日新守成而兼创业。演福绪于亿万世，履贞符者三千旬。蹈德咏仁，极竖亥大章所步；

延祥产煆，非容成隶首能稽。兹当岁在旃蒙，御宇合旋宫之数，亦越日躔。寿宿普天，殷增策之欢；瞻紫阙而欣，遂凫趋罄丹忱而弥殷。蠡测诗呈万庆，祝万寿之延。长章取十成，颂十全之景。铄祇惭鸣，蚓殊恧雕虫。笔画日而莫测余光，管窥天而宁知全量。冀与辕童壤叟，鼓舞康衢；愿同华祝嵩呼，颂扬纯煆云尔。

万纪庆周第一

纪年支昌茆，置闰叶增桐。

花甲周皇祚，椿龄益圣躬。

九旬阳起数，六位地成功。

恭旧惟扬觐，承恩自幼冲。

瞻颜从镂月，受眷始松风。

首岁唐虞合，生年文武中。

饬经神矍铄，执象禄庞洪。

廿五初基肇，京垓后福崇。

昌期超合锥，瑞牒迈禅通。

元帝称贤逊，人皇积算同。

握枢行不息，保极运弥隆。

宇庆中秋节，音调大吕筒。

九如天锡煆，万岁岳呼嵩。

韶乐鸣丹陛，炉烟护紫宫。

化成符合釜，治洽道张弓。

世寿由身寿，鸿祯荷昊穹。

万恩庆渥第二

泰交臻极盛，解作屡甹宣。

桃李春前种，珊瑚网外搴。
额增升美士，名奏爵华颠。
海阔文鳞纵，云开彩翼翩。
两番停穟秸，七度弛缗钱。
野鲜征粮帖，河稀转漕船。
司嗤追欠设，惠喜放逋全。
处处詟纶綍，家家裕粥饘。
旧纲禹筴免，积课卭人捐。
赋减煎熬易，财余冶铸便。
恩膏施有序，饷俸借无偏。
糜费廑中旨，关支准半年。
饱腾欢羽卫，食用给班联。
岂止金鸡揭，频看木凤传。
祥风吹翕习，渥泽溥斋潆。
覆帱春长在，深仁溯八埏。

万几庆健第三

绳武重熙叶，膺图万吉彰。
克诚因可久，慎位在惟康。
榜殿勤斯守，颜斋逸不遑。
晨兴披实录，夕惕轸殊方。
考绩咨群牧，先几贲十行。
赤墀亲庶尹，丹笔阅封章。
粤自耆龄届，时瞻辇路长。
台怀芝盖驻，津淀翠华扬。

掣溜巡河堰，安澜定海塘。
雨晴驰御札，骑射肄山庄。
蟾阁三层陟，蝇头四景偿。
行辞筇助健，视屏镜添光。
敬绎精神什，逾钦筋力强。
高明纯不已，曼羡禄无疆。
曲说嗤金液，虚词斥玉浆。
至人恭则寿，敬胜迈前王。

万礼庆备第四

制作敷皇极，修明荷圣人。
尚文兼尚质，同轨更同伦。
敬达燔柴日，诚孚祈谷辰。
上辛隆对越，吉戊重躬亲。
诣庙传心恪，瞻林释奠寅。
群神咸秩遍，中祀一周巡。
太室馨香荐，潜宫孺慕申。
珠邱四次谒，宝册五朝珍。
飨展奉先肃，书成开国新。
孝思昭顺德，精意奉严禋。
敦本冠裳守，披图俎豆莘。
簧宫波绕璧，诗谱韵谐钧。
歌用一弦叶，乐分两部陈。
上仪瞻郁郁，盛事颂彬彬。
正直由王道，裁成仰帝纶。

详明胪会典，昭示亿年遵。

万文庆敷第五

观文天下化，典学圣皇心。
充实斯为美，聪明足以临。
集三兼集五，宜古更宜今。
著论同尧诫，庸歌协舜琴。
鸿勋书事阐，骏业赋京钦。
评鉴持衡正，谈经抉奥深。
五屏铭盛烈，三合证元音。
石鼓文联腋，金陀本勘蟫。
柏梁承首唱，茶宴荷联吟。
广大四声贯，精微全韵寻。
烟云供染翰，规矩悟悬针。
八柱工镌石，三希重刻琳。
几余兼绘事，赐出遍儒林。
众妙毫端赴，群言物外斟。
仰观辉列宿，快读惜分阴。
宝笈联书库，编摩力勉任。

万勋庆全第六

师非得已用，战以好谋成。
敢外骈矑大，爰昭赫濯征。
风云传唤号，雷电布先声。
将简诗书帅，军娴健锐营。
准夷初蠢负，回部昔蜗争。

葳事五年绩，开疆二万程。
蓬婆潜毒彧，滴博走孤麇。
水恶皮船渡，碉坚火炮轰。
鲲身谁蚁聚，鹿耳有螳撑。
大将帆飞鹬，奇兵剑截鲸。
市球旋效顺，廓喀早投诚。
武慑珠崖服，威收印度平。
凡兹殊绩著，胥赖睿谋精。
绘阁人标赞，宣图事系评。
不惟资玉帐，端恃有金城。
瓯脱今庭户，偕来奉大清。

万绩庆熙第七

悠久弥勤政，崇高切听卑。
烛几明喻镜，成务系箴椸。
敛福斯敷福，无为实至为。
目张纲益举，右有左还宜。
帝范神明契，民依稼穑知。
笃恭恒待旦，刚断在乘时。
宫府用惟俭，官方详所司。
选人因缺调，武职益廉支。
石堰加新筑，柴塘易旧规。
屯田多乐岁，集漕每先期。
审谳严三刺，祥刑慎一答。
秉衡心与涤，磨铅弊都治。

赈许因工代，文纠到部迟。
郅隆犹亹亹，耄念益孜孜。
宣力群工龟，从风庶事鳌。
升平彰道揆，端拱轶黄羲。

万叶庆蕃第八

昊贶延鳌备，乔龄集庆繁。
瑞贻朱果实，祥导绿江源。
子氪天潢衍，周麟公族敦。
金枝奕叶盛，玉牒巨编存。
十一世传远，二千人数蕃。
古稀康弗禄，春闱得元孙。
昔仅六番见，今逢五福原。
纪堂承祖德，入宴衎宗藩。
远派名同锡，多男祝弗谖。
读书云护帙，中的月湾弴。
预喜云仍袭，还加绅士恩。
四家荣赐扁，百室例旌门。
积庆绵瓜瓞，重晖茂李根。
贻庥由履顺，昌后本斟元。
吉兆吟宜佩，祥征咏照盆。
期颐增缉缉，千亿裕垂昆。

万福庆申第九

熙皞真超古，祥和久浃区。
谦宁希瑞应，敬早召贞符。

俶傥嗞遵渚，醇和洽饮衢。
百龄恩锡秩，千叟宴颁酺。
共爨稀惇史，观光集老儒。
滋生五代众，骈产四男俱。
竞仰天庥集，尤征地宝输。
双岐登夏麦，合颖献秋稌。
惟此繁禧介，胥由至德敷。
彩衣仙蝶现，吉帛佛轮铺。
宴句九畴备，镫词全卦须。
鲽鹣徕萩币，旗翼巩萝图。
玉烛三元正，金瓯八柱扶。
万年筹积累，六帝寿超逾。
庚续康强吉，寅承保佑孚。
称觥瞻御座，南极宿联珠。

万国庆同第十

万年一统大，六幕九旬调。
众水归丹壑，繁星拱碧霄。
旗分册九盛，里拓万千遥。
秋狝围排宴，名藩骑接镳。
淳风沿诈马，方物进丰貂。
东海人趋阙，西洋职测杓。
伊绵名锡谷，土扈众乘轺。
堠蚃鱼通达，农今雁碛勍。
龙沙捞玉夥，麟趾铸金饶。

137

骠甸徕逾岭，狮番觐候潮。
古交欢纳赆，南掌忭闻韶。
暹斛奏通象，噶箕音化鸮。
文衣嗼唎舞，金叶荷兰朝。
时宪书加格，轺轩使采谣。
皇舆添表袟，职贡益图绡。
云日群瞻就，如天戴帝尧。

卷八　诗十八首

恭和御制立秋日作元韵

圣人之情见乎诗，感召昊苍惟敬止。
岁自东作逮西成，课晴问雨何时已。
立秋节近万宝登，昼尤注目夜侧耳。
未旱未潦隐然忧，不掉不儍畅然喜。
今年塞北六月中，稍稽原隰流膏委。
继即优沾叠应时，依旧方苞与方体。
圣人之心切于农，合五年先计岁美。
大吏未达登谷章，九重已锡蠲租旨。
皇心默与天心通，甘雨宜如珠贯累。
应之以实报之速，冥漠交符理可揣。
春收十分秋八分，高廪仍闻大有纪。
年丰亦免租赋征，三农乐莫乐乎此。
寿寓小民何幸哉，高如斯戴厚斯履。

恭和御制直隶总督梁肯堂报雨诗以志愧元韵

嘉霖章报不需时，雨脚还随驿骑驰。
入夜连朝时阅久，高原下隰泽均滋。
仓箱有兆占年稔，宵旰廑农凛日孜。
早卜西南含润普，帝心肫切百灵知。

恭和御制六月二十九日雨元韵

腻雨凭风送，嘉禾带润铺。
畿南连塞北，迢递共沾濡。
秋思清无极，晨光泽不枯。
对时应快慰，钦若尚勤吾。

恭和御制署福建巡抚魁伦奏早稻收成八分米粮价减诗以志事元韵

赈蠲不使一隅灾，吏蠹尤严积习隤。
岁转泽无鸿雁集，风恬海已雪涛摧。
米非珠贵民先乐，网效禽投盗孰哀。
培养闾阎元气复，鲸鲵巨鼍敢扬腮。

恭和御制留京王大臣报雨诗以志慰元韵

甘雨京畿报，今番普被恩。
丰亨真有象，美利复何言。
后种兼先种，山原更隰原。
欣欣童叟喜，或或黍禾蕃。
食乃民之本，仁为圣所敦。
劭农无远迩，虔恪历时存。

恭和御制观瀑口号二首元韵

听色观声喻义会,真机岂待问南能。
几多松石传清韵,寓目森然寿作朋。

宸游端为劭农迟,湛瀁恩波信似斯。
沾溉苍生无限意,诚孚应许瀑源知。

恭和御制永恬居元韵

六字绥丰屡,三秋众汇新。
养恬资茂育,思永裕经纶。
吏治联常肃,民依稼穑巡。
苗顽惟执首,郊薮有游麟。

恭和御制素尚斋戏叠癸丑韵元韵

崇朴斯为本，占丰讵厌贪。
乘乾惟御六，协帝早登三。
润浃云连牖，阴深绿到庵。
即今旸雨若，秋获稔应堪。

恭和御制七月初九日处暑日作元韵

节候新秋三伏过，晴檐映日燠歊微。
洗车雨喜前朝应，张盖云怀往岁非。
瀼露垂枝清入画，商飙转律韵流徽。
已占中稔农夫庆，睿虑先天总不违。

恭和御制甫田垗秋元韵

丛樾仙庄拓，晨光写早秋。
露瀼栖鸟起，草缛育麕稠。
祷吁甘膏沛，农舒俭岁愁。
中元方锡福，应被大田优。

恭和御制登四面云山亭子叠去年诗韵元韵

睿赏今年胜去年，美景时晴继时雨。
岂惟多稼不愁霪，未及深秋已消暑。
云归山中山更清，延爽虚亭一方处。
不遑暇逸实先劳，虽得和甘讵忘苦。
游观何事匪关民，揽结随时咸法祖。
熙熙四海效嵩呼，交颂嵩高亿龄仁。

恭和御制直隶总督梁肯堂奏报秋禾收成八分诗以志慰元韵

浃月较量迟早泽，及时感召后先膏。
始知百室三秋稔，几费层霄乙夜劳。
章奏中穰驰甸服，寰区大有纪农曹。
欲歌六十年恩渥，盛德难摹寸管毫。

恭和御制获鹿元韵

熙熙随处是春台，孕育兼令物象恢。
即鹿只须从内囿，发机不待选良材。
得心应手康强备，雁使宾臣悦服该。
拜赐如斯千古未，试稽简册几何哉。

恭和御制不遮山楼口号元韵

百尺楼高纳众山，楼虚山实景谁悭。
吾皇德大函寰宇，足有容于方寸间。

恭和御制万树园锡宴祝嘏内外藩王及各国使臣即席成什元韵

至诚悠久福如天，九有归心感化传。
凤纪鸿图均迈昔，梯山航海竞趋前。
远柔藩服兼荒服，晴敞宾筵是寿筵。
六甲初轮孙继祖，京垓兆秭祝长绵。

恭和御制赋得形端表正得心字元韵

表必形依倚，端先正酌斟。
矩规恒不越，分寸岂容侵。
百尺长竿直，孤标倒影深。

权衡机讵爽，圭臬理惟谌。
针自随南指，星皆拱北临。
绳从传妙喻，月印寄微吟。
付物情无曲，持躬理可寻。
用中皇建极，作则仰因心。

太上皇帝纪元周甲授受礼成恭纪全福九言诗上下句各一百韵

昊眷全人古今第一全，皇极敛福锡厥庶民福。
稽古帝廷授让推喾颛，继美峣峣僻僻中天卓。
北魏唐宋禅出一时权，我朝勋华膺绍亘古独。
太上皇帝初元吁太圜，待六十年归政昭嗣服。
蕴符储庥调幕周玑璇，穹苍孚佑授受符枚卜。
寅承祖德四字演心传，丹陛礼成春王正月朔。
昌运重辉重润祜申天，宝算京垓亿秭筵轩箓。
臣从释褐通籍依宫砖，泲擢农部西清蒙豢畜。
恩许悬车归养垂十年，衔感高厚生成镂衷曲。
去秋趋廷祝嘏效跽拳，俯眷循陔殊宠沾优渥。
谨依五年五福宸翰联，敬上多寿多福华封祝。
维皇御天行健秉自然，春秋上铄骊连与栗陆。
延龄弗问海上蓬莱仙，钜赞寿星万年惟曰欲。

祝无量寿经演黄教禅，帝见来孙近在年五六。
寿身寿民寿世福洪延，德功言三不朽云汉倬。
文三诗五鸿制寿丹铅，河海城垣大工寿岳渎。
骏烈十蒇战鼓卧边关，登民衽席无使罹天促。
俾尔耆艾益复廑恫瘝，迭沛温纶议截仍予复。
旧额偶逋百十余万蠲，五免租镠三豁天庚粟。
此外平粜设厂给粥馆，岂止膏泽衣帛与食肉。
绳武频开嘉宴集彭篯，瑞拥商山之芝郦井菊。
更有布鲁特嫠跪觯前，宠给大缎丰貂嘉诚悫。
作人八开蕊榜矜寒毡，别赐甲乙嘘枯慰耆宿。
仕途广录几许庆冠蝉，恩恤耆臣母咏在公夙。
九州坊建百岁接通廛，累百人见七世驰奏牍。
大君造命仁育遍纮埏，要跻一世仁寿游轩虙①。
美利不言所利德符乾，论阐经筵惟期百姓足。
祖制亩摊丁赋法最便，仁庙仁纶雨露滋渗漉。
国用七百余万司农钱，八省转漕不数扬黄穇。
何况常平社义正充填，度支岁计奚止九年蓄。
贡仿九式泗磬淮珠玭，岳效川输稠稆及竹木。
皇舆三万余里恢幅员，户版十五倍增烦刍牧。
普颁正朔同轨遵荡平，土尔扈特十万争内属。
方物象马宝树氆氇骈，远来乌藏朱波五天竺。
屯越伊犁辟展包先零，铸达腾格富擅户工局。

---

① 原刻此处注云：右五福之一，曰寿。

龙文浩如江海观油油，诗史玉藻琼敷中原菽。
四库七阁萃三万六千，活字聚珍天章富追琢。
桥门石经猎碣焕煸斓，车书一统广建三边学。
审定周彝十事颂铡笈，神器璘彬钟金而盂玉。
銮舆南六东四时省观，周赍酺敷载道欢禹辇。
余防河海工作务完坚，以暨浚渠筑涂役畚挶。
凡诸工雇动支帑费捐，不闻小东大东空杼柚。
间有小丑跳梁扰塞边，国家峙粮峙刍早整妮。
大兵屡出飞挽等步铄，间阎一粟一丝无器默①。
上九履祥元吉叶其旋，维皇首出万国咸欣瞩。
开泰保泰弥念创业难，乃疆匪居匪康诗咏笃。
松路往复缔造钦涧濩，宝录训谟昕夙勤寅读。
馨承四郊再享躬致虔，不资赞襄从容荐鱼鳙。
御寓四十八次临讲筵，亹亹求安求宁时训勖。
楹题无逸朝昃长卷卷，不高颐养御门明四目。
未明求衣睿藻咏晏眠，待章未达毡庐吟蕠烛。
有时畴咨庶事延大员，日旰未退天颜愈庄肃。
嘉平六飞拾级佛阁巅，登降裕如弗藉杖方竹。
八旬开五行猎御华鞯，命中获鲜两仆吟即鹿。
欢呼藩部大开及小开，皇帝寿考且宁声灵濯。
神武刚柔微彰烛几先，全盛金汤太阿挥在握。
蠢尔准夷回部怙不悛，小大金川党逆相掎角。

---

① 原刻此处注云：右五福之二，曰富。

阿瓦鲲番廓喀穴蠹蟓，安南主臣内讧争蛮触。
谕文开惑整旅武威宣，入夜廿五人前无折镞。
撒纳授首空走百足蚿，卓木一擒一鹹虀街戮。
桃花辇路铙歌师凯还，爱祠留镇凤山高矗矗。
台名昭德恩畀茅土专，汗王觞寿御床恭稽伏。
战图迭绘须眉貌凌烟，弢弓櫜矢载藏武成鹿。
伟绩外攘内抚光史编，以康兆民含铺而鼓腹①。
维皇以德基福渊其渊，曰敬曰诚顾諟蕴旼穆。
诚感神祇社稷锡鳌蕃，休应泰时时若雨旸燠。
岁岁木兰秋狝亲控弦，非曰从禽家法练战熟。
继序皇祖六幸旧章沿，更番视海视河驻行幄。
政由己正弊必去屯邅，民为邦本念弗疏谋鞫。
绀辕黛耜四推劝农田，图绘豳风蚕具及蓬苗。
好生洽民宵旰心体连，告尔祥刑其勿误庶狱。
谳成榜示户晓雀逢鹮，轻重一笞一杖案犹驳。
限期申儆僚吏阘茸怠，解网恩宽大计严枉酷。
亲亲五辑玉牒瓜瓞绵，乾清宫宴分辈沾春醁。
册府封配薏苡宿冤渝，锡之鞶带荣遍银潢族。
褒忠异数加惠胜朝贤，继起陈彭汤陆灵光晫。
五经分试真士遴轮扁，俊民用章瑞现紫文鹭。
群黎百姓尔德遍陶甄，是会是归毂运三十辐②。
维皇念祖显德佛仔肩，眷怀冲质宫中承饴育。

---

① 原刻此处注云：右五福之三，曰康宁。
② 原刻此处注云：右五福之四，曰攸好德。

命贵福征弓彀杨叶穿，默示继绳□荷初郊犊。
旋侍山庄松壑听潺湲，廿五龄奉玺遗御黄屋。
两陵频展霜露滋凄泫，纪恩颜堂暨茨廛若筑。
尊藏五朝册宝琢和阗，思艰萨浒图入庆隆乐。
训遵骑射衣服丰碑镌，队合嬉冰奖勇顺幽俗。
善继善述昊佑功告竣，六甲孜孜惟日环终俶。
基巩圣神文武磐石安，纯纯常常受祜成抱蜀。
廓清星宨月哨驭长鞭，方略纪勋前烈绵绍续。
事行排日记注协天璇，诗成五万余首五纪录。
镫词六十四卦天中圆，宝号绵长溯汉未数数。
万程炎徼绥靖撒关键，梯栈瀛航声教置邮速。
康强梁武宋高讵同班，富益摩醢辟土皆膏沃。
八荒向化胜慕妫德膻，合宙清宁郅治铄轩喾。
譬彼终亩秋获告西阡，事竟尧禅吉语诠天禄①。
丙承启寓寿曜炳南躔，典谟元日上日鸿仪煜。
中天箫韶钧奏声矗矗，帝夏皇春祥绕卿云郁。
宫敞宁寿寿考方至川，园建长春春祺霭旸谷。
亿龄衍庆长流圙府泉，继德名堂耆妫诒孙谷。
鸿鳌锡类紫诰十行鲜，鸡竿宥眚湛渥九围沐。
三千歆骧欲恺宴芳鲜，千官狃喜胪愉班立鹄。
小臣摘毫倾悃愧戈戈，晋祝曼寿无疆齐松岳。

---

① 原刻此处注云：右五福之五，曰考终命。